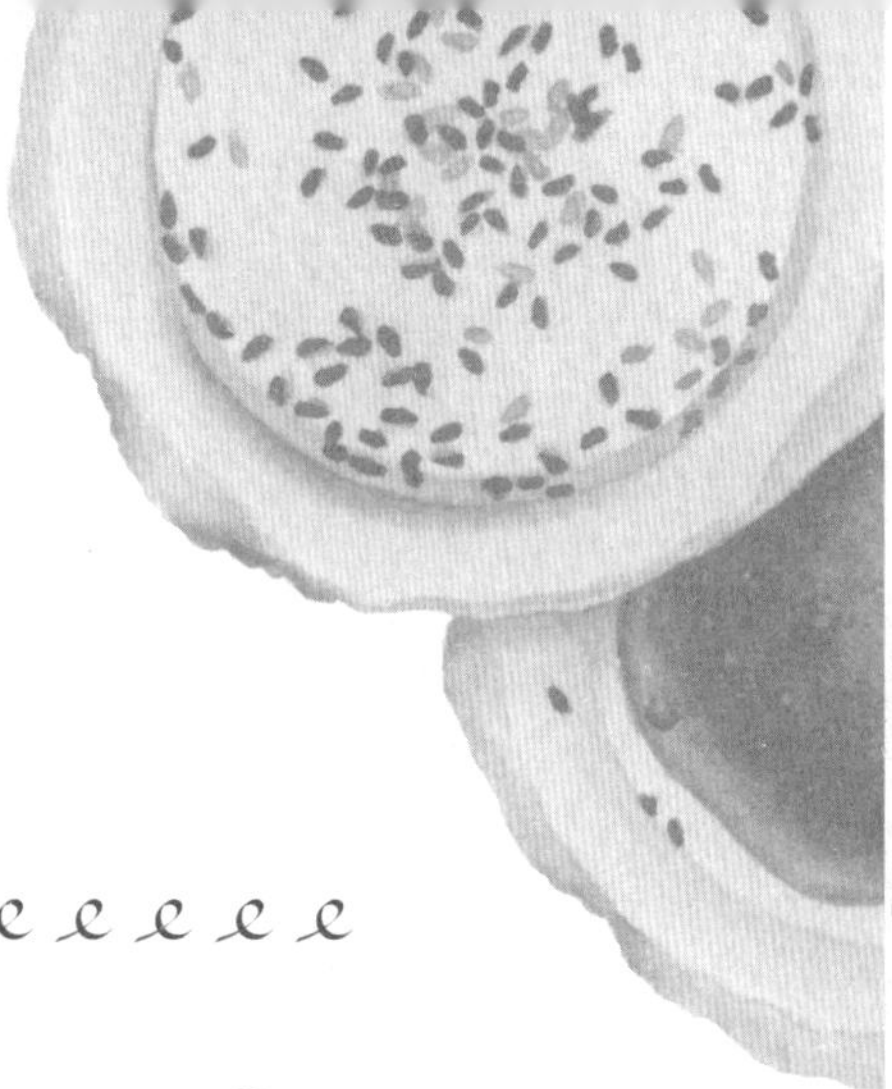

小田くん家《ち》は南部せんべい店

髙森美由紀

徳間書店

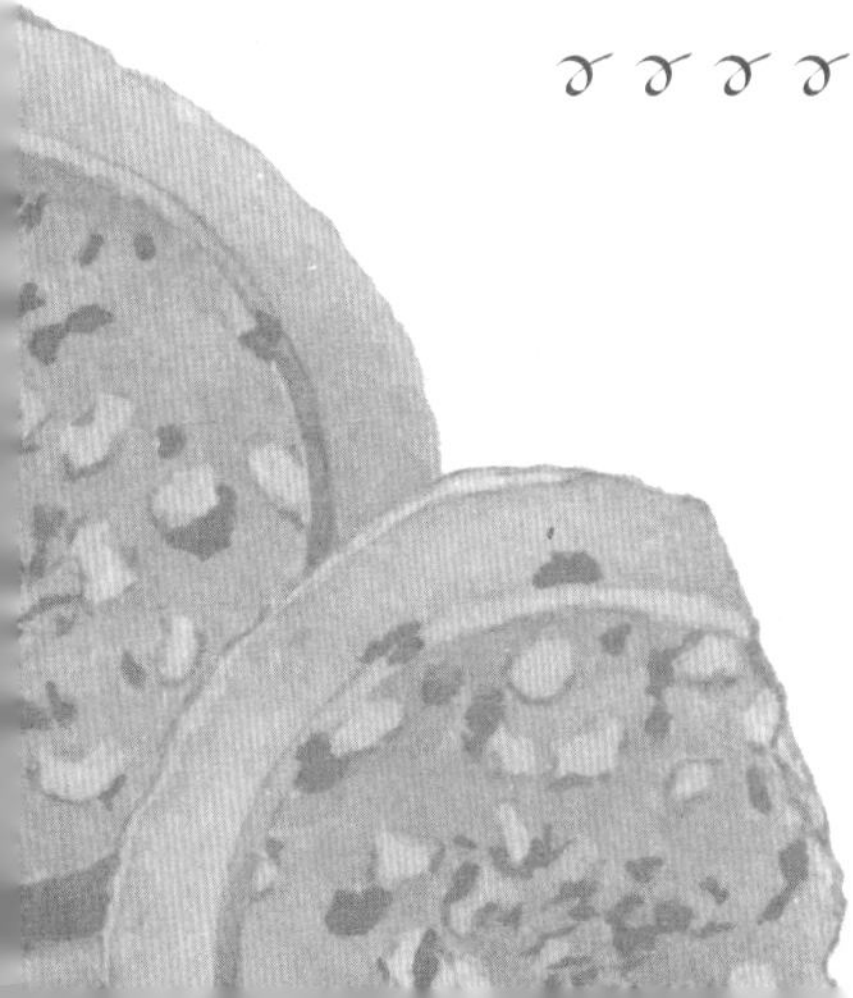

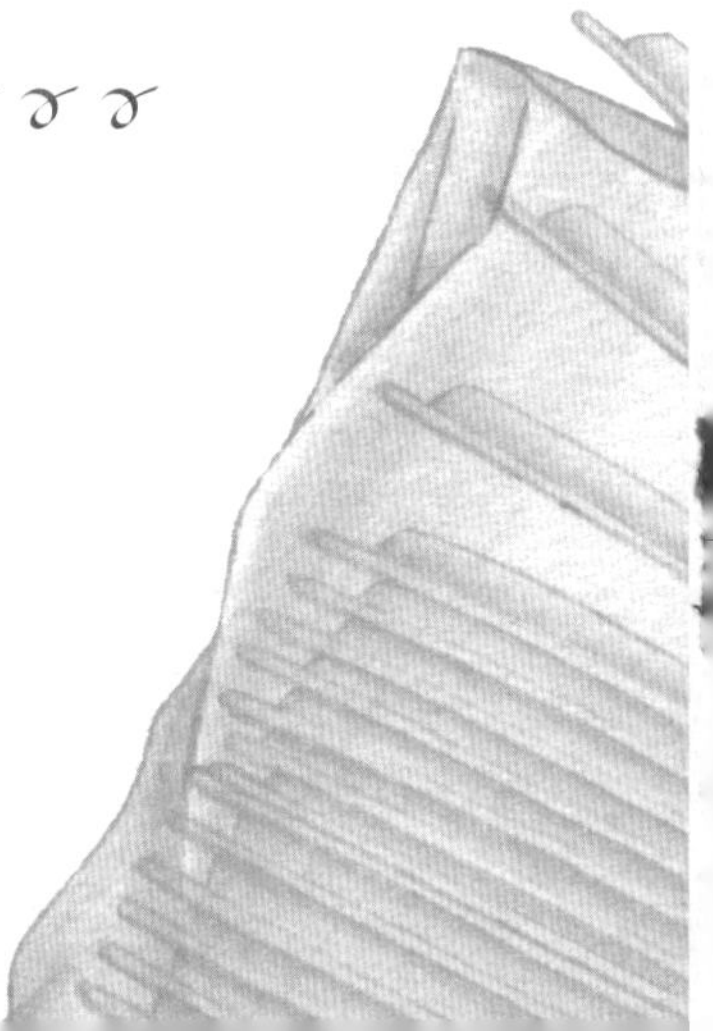

小田くん家《ち》は南部せんべい店

目次

イラストレーション　渡辺晶子
装幀　大原由衣

一章　せんべい焼き窯の熱

チーン、チーン。

一階から金属音がこだまする。

弘毅《こうき》はベッドを軋《きし》ませて、タオルケットを被《かぶ》った。

タオルケット越しに、スズメの声や近所の人が家の前を掃《は》く箒《ほうき》の音が聞こえてくる。

玄関にどさっどさっと中身の詰まった重たい荷物が置かれる音が響いた。

サンダルを引きずる足音が、通り土間を玄関へと向かう。道路に面した玄関から裏庭まで土間が貫いているのだ。

「おいーっす！」

祖父、よっしーの挨拶がこだまする。

「おはようございます！」

少し息切れした男の人の挨拶が返ってくる。トラックの運転手だ。いつもこの時間にせんべいの材料を届けてくれる。今、玄関にそれを置いたのだ。

二人がなにか会話する。普通の声になると聞き取れない。

「ほれ、せんべい持ってけ！」

自信満々にせんべいを勧めるよっしー。

「お。ラッキー。あざーっす！　小田《おだ》せんべい、子どもの頃から食ってますけど旨《うま》いっすよねー」

男の人の溌剌《はつらつ》とした声が返ってくる。

「当たりめだべ。オレが焼いでらんだすけ。もう一袋持ってけ」

ご機嫌なよっしー。

「うちの社の連中もうまいうまいって食ってて」

「もう一袋もってけ」

店の前でドルンッと重量感のあるエンジン音が響く。

毎度でしたー、という男の人の声が聞こえてトラックが走り出していく。家全体がカタカタと音を立てて震える。

チーン、チーンが収まると、もやもやとした念仏が聞こえてくる。

祖母のなぎばあが仏壇に朝ご飯をお供えしているのだ。鶴のような体型で、背筋をピンと伸ばした凜《りん》とした姿がありありと目に浮かぶ。念仏を間違えたのか喉の調子を整えるためなのか、えへんと咳《せき》をしてまた唱《とな》える。

どっこらしょーのしょっ、というよっしーの声が聞こえる。トラックが置いていった小麦粉の袋を階段の下まで運び込んでいるのだろう。

よっしーはこの小田家では弘毅に次いで小柄で、歳《とし》は七〇代も後半に差しかかっているが、二五キロのそれを担《かつ》いだり、秋田の職人に作ってもらった大きな盥《たらい》で、南部せんべいの生地である餅を捏《こ》ねたりしている。パワフルだが、そうはいっても七〇代も後半。腰にはくるようで、ぶら下がり棒にぶら下がって腰を伸ばすのを日課としていた。

「こーきー、時間だよー起きなさーい。学校に遅刻するよー」

張りのある声とともに足音が階段をのしのしとのぼってくる。ベッドが揺《ゆ》れる。

弘毅はタオルケットから目だけを出す。勉強机の椅子にかけたランドセルのお守りが、細かく震えている。

足音が部屋の前で止まった。

お守りの揺れも止まる。

弘毅は息を殺す。

ドアの向こうで、突入のタイミングを計っているのが伝わってくる。

ドアがバーン、と開いた。心構えをしていても心臓がドキッとする。風が巻き起こってお守りが揺れる。

「弘毅っ。起きなさい。何回言わせるの」

「一回しか言ってないじゃん」

弘毅はむくりと起き上がる。

ドアのところに母が仁王立ちしている。長方形の出入り口がぴったり塞《ふさ》がっている。まるでドアにぴたりとはまるようにあつらえたような体型だ。こうなると、白い前かけが化粧回しに見えてくる。

弘毅は胸を押さえた。

「心臓が痛いから休みたい」

「残念。心臓は左にあるのよ」

母がニヤリとする。弘毅は素早く左の胸に手を移す。

母が真顔に戻る。

「さっさと起きてご飯食べて」

そう言い置いてドアをバーンと閉める。足音が隣の部屋へ移動する。

また部屋の前でじーっとしている。弘毅はほくそ笑む。しめしめ。芽衣《めい》姉ちゃんも自分と同じように起こされることが愉快だ。

バーン！

「芽衣！　いい加減に起きなさい、何回言わせるの。もう高校生でしょうが」

バーン、とドアを閉めて、母はのしのしと階段を下りていった。

弘毅はベッドから下りて、パジャマのパンツを引き上げる。

ドアを開けると、隣の部屋のドアも開いた。

父譲りの天然パーマの長い髪がごっしゃごしゃになっている芽衣姉ちゃんが、髪の毛の奥で大あくびをする。

芽衣姉ちゃんに続いて弘毅も階段を下り、上り口に揃《そろ》えているスリッポンをはいて階段下へ回り込む。

通り土間が少し広くなっているそこには、小麦粉袋がどっさりと七つ重ねられている。使い込まれた大きなしゃもじが数本壁にかけられ、乾《かわ》いた予備の蒸がいくつか立てかけられていた。天井近くにはぶら下がり棒が渡されている。腰を伸ばすためによっしーが父に頼んで設置してもらったもので、そこに今、よっしーがぶら下がっていた。

手拭《てぬぐ》いを、かなり後退した白髪の角刈り頭と首にそれぞれ巻いて、白い前かけをしている。前かけの紐《ひも》は前で結ぶ派。ほとんど胃のあたりの高さだ。たいてい、尻にズボンが食い込んでいる。

「おはよう、よっしー」

「おう、くそ坊主、起きたか」

潰《つぶ》れた声が返ってくる。

棒が、軋む。

「あとどれくらい？」

「一分ってとこだな」

弘毅は先にトイレに行く。戻ってきてよっしーの後ろで順番待ちする。朝一でぶら下がり続けていたらきっと背が伸びるはずだ。

去年の七夕《たなばた》の短冊には背が伸びますようにと書いたし、クリスマスには背が欲しいと頼んだけど、あんまり変わらなかった。七夕もサンタクロースもすっかり信じてるってわけじゃないけど、おとなだって神社に行けば絵馬を書くし手を合わせてお願いもする。それと同じだ。だからお願いに加えて、自分も努力することにした。

県道に面した店のほうから南部せんべい焼き窯を回すキイキイという音が聞こえてくる。香ばしく温《ぬく》もりのある香りが漂《ただよ》っていた。なぎばあが回しているのだ。

南部せんべいは、岩手県との県境に位置するここ、青森県三津町《みつまち》ではよく食べられている。特に年齢が上がれば上がる程馴染《なじ》み深くなる食べ物だ。

基本的に小麦粉と塩と重曹でできている。シンプルな材料を水で練《ね》って餅にし、窯で焼いたものだ。おやつと言うか軽食と言うか……。このあたりではパンのような立ち位置だ。

仕込みは朝六時前から始まる。七時の開店と同時にお客さんが来る。犬の散歩途中の人や、トラック運転手や畑に向かう農家の人が立ち寄ってくれる。

焼き窯は赤レンガでできていて、どっしりとしている。幅は勉強机より少し広いくらい。鉄製の丸いせんべいの型が横に五枚並ぶ。

せんべい型は二枚がブリッジでつながっていて二枚一組。メガネみたいなものだ。店によってはこの型を二組並べて、一列四枚焼く店もあるが、小田せんべい店ではもう一枚足して五枚を焼いている。

生地である一口サイズの餅を型の真ん中に置く。ふたに、取り外しができるハンドルを噛《か》ませ、押し下げて餅をはさむ。

型の縁《ふち》から餅がはみ出し、膨らみ、じんわりと小麦色が広がっていく。これが「せんべいの耳」と呼ばれるものだ。そうしたら窯の右側面の大きな手回し車を回す。すると、五枚のせんべい型が窯の下に回り、新たに五枚の型が上から下りてくる。窯には一〇列ついているので一周すると五〇枚焼き上がる。

サクッと軽く焼き上がったせんべいを型からつまみ取って、そばの平たい木箱に放っていく。

「よっしー、まだ？」

「まだだ。あと一分だ」

締めつけられているような声で答える。

「弘毅ー、なにしてるの早く顔洗ってご飯食べなさーい」

台所から母が呼んでいる。芽衣姉ちゃんが洗面所から出てきた。中学生の頃より洗面所の滞在時間が短くなっている。ちらっとこっちを見て、順番待ちをしている弘毅を口の端で笑うと、土間を横切って台所に入った。

「よっしー、早く」

弘毅は足踏みをする。

「まだだ。あと二分」

「増えてんじゃねえか」

腹いせに、小麦粉のついた薄っぺらい尻にパンチをぶち込んで洗面所へ駆《か》け込む。

歯を磨いて顔を洗って出てきても、よっしーは踏ん張っている。弘毅は土間を飛び越えて台所に入った。

母と父と芽衣姉ちゃんがテーブルを囲んでいる。

なぎばあとよっしーは、母とパートの安江《やすえ》さんと交代するまで焼き続けてから、朝食を摂《と》る。

大爆発系天然パーマを強力スタイリング剤で抑え込んだ父と挨拶を交わして、正面に座る。

父の食器は空《から》っぽ。目玉焼きの黄身が皿に伸びているきり。

大爆発系天然パーマは喉を反《そ》らせて珈琲《コーヒー》を飲み切ると、食器を重ねて流しへ置いた。革のカバンを手に取る。

「いってきます」

「はい、いってらっしゃい」

「いってらっしゃい」

母の見送りに合わせて弘毅も言い、カックイの味噌汁を啜《すす》る。カックイはこの辺の山に生えるキノコだ。つるんとした口当たりで、ぬめりは控え目。傘が薄くてぴらぴらしている。土と落ち葉の匂いがする。

父の「お義父《とう》さん、いってきます」という声に続いて「お義母《かあ》さんいってきます」という声が遠ざかっていく。

よっしーとなぎばあの「おう」「いってらっしゃい」と見送る声が聞こえる。

ウィンナーをかじりながら、サラダにマヨネーズを両手で握って絞《しぼ》り出す。そんなにかけたらマヨネーズを食べてるみたいじゃない、と母がマヨネーズを取り上げようとするが、弘毅はマヨネーズを胸に引き寄せる。

「だったらマヨネーズを食べるために野菜を食べてるって思ってよ」

「屁理屈《へりくつ》が上手になってきた」

母が笑う。弘毅は野菜を添えたマヨネーズを口に押し込む。

芽衣姉ちゃんがごちそうさま、と食器を流しへ持っていき台所を出ていく。

弘毅は時計を見る。急いで立ち上がりながら牛乳を飲み切って「ごちそうさま」と、部屋へ駆け戻る。

ランドセルをひっくり返して中身をぶちまけ、教科書やノートを入れ替える。

肩にかけて部屋を飛び出し、洗面所に行って光の速さで歯を磨いたら、通り土間を玄関へと走る。

途中、よっしーの焼き窯が置いてある作業場の横を通る。ラジオの音が聞こえてくる。香ばしい香りが強まる。

よっしーの焼き窯は火力に癖があって、よっしーが感覚で行う微妙な調節が必要となり、よっしー以外の人が使うと焦《こ》げたり生焼けだったりしてしまう。今のところ、使いこなせるのはよっしーのみ。

作業場は粉っぽい。柱時計も茶簞笥《ちゃだんす》も消毒液のボトルももちろんよっしーも真っ白。床は粉まみれで素晴らしくよく滑《すべ》る。ラジオの音の他、焼き窯の軋み音や、プヒュー、ピー、プシューという鼻詰まりのような音もする。せんべいが焼けていく音だ。

窯にすっぽり隠れるようにして猫背のよっしーがいた。ガムテープで直したメガネをかけ、紙パックの牛乳を飲みながら、せんべいを焼いている。

よっしーも焼き窯の一部になっているように見える。

「いってきまーす」

声をかけると、窯の横についている大きな手回し車をグリンと回して「ちょっと待て」と引き止めた。

焼き立てのせんべいを一枚差し出してくる。せんべいにはふっくらとした耳がついている。

弘毅がせんべいの耳に視線を据《す》えると、よっしーは耳をちぎり取って口に入れ、残りを寄越《よこ》した。

受け取ったせんべいは熱々で、弘毅は両手のひらでポンポン弾《はず》ませて冷ます。焼き立ては軽い。

かじりつく。

サクッ。サクサクサク。食感も軽い。

よっしーはフィリピンからのお客さんに「でぃすいずじゃぱにーずウェハース」と説明して売っていた。熱々の時はまさにウェハースみたいだ。

ピーナッツせんべいは、水飴《みずあめ》もたっぷり使っていて、甘くて香ばしい。

「じゃ、いってきまーす」

「おう」

よっしーの作業場の隣は、段ボール箱とか紙袋とか、せんべい筒と呼ばれる南部せんべい専用の筒状ビニール袋とかの束が盛り上がっている。

ほぼ物置になっているそこは仏間であり、休憩場所でもあるうえに、資材置き場で、ファックスとか電話とかパソコンとかプリンターがあることから事務所でもある。パソコンは母と父が使っている。

仏間なので仏壇もある。引き出しがたくさんついていて、小さい頃は片っ端から開けて点検したものだ。

その次が店。店の横が県道に面した玄関だ。県道は町を東西に突っ切るメインストリートなのだが、商店街からは離れているので静かなものだ。

窯の向こうになぎばあの三角巾が見える。こちらの窯はよっしーの窯より新しく、癖がないので、なぎばあの他、母も安江さんも使いこなせる。

焼けたせんべいが傍らの木箱に盛り上がっていた。

「おはよう。いってきまーす」

なぎばあがマスクの上の目尻にしわを集める。

「おはよう、弘ちゃん。仏様ば拝《おが》んだ?」

「ええと、拝んでない」

「んだば、行く前に、仏様さ手ば合わせて」

「無理、遅刻する」

弘毅は足踏みする。

「しないっ」

腕を引かれてとなりの部屋に連れ戻され、正座させられる。

風が、表のガラス戸をカタカタと揺らす。なぎばあがろうそくにマッチで火をつける。

天井付近にずらりと掲げられた写真は、右端が白黒で輪郭がぼんやりしている。弘毅は左端のカラー写真まで順に辿《たど》ってから、視線を落とした。

気づくと弘毅は、手を後ろに回してランドセルのお守りを握っていた。

手を離し、線香に火を移し、チーンチーン、とお鈴《りん》を鳴らして手を合わせる。なむなむぅと唱えながら遅刻しませんように、とお願いする。ついでに、背も伸びますようにと祈る。

背後を足音が駆け抜けていく。芽衣姉ちゃんだ。

「あ、ずりぃ」

弘毅は立ち上がった。土間に飛び下りて靴をはく。

「弘ちゃん、ちゃんと拝んだどー？」

なぎばあの声が追ってくる。

「拝んだ拝んだあ」

背中で返事をして玄関へ駆け出す。

土間と店はガラス戸で仕切られている。

そのガラス戸越しに見える、掃き出し窓の前に花柄模様のヤッケを着た常連のおばあさんが立っていた。掃き出し窓のところに並べた浅い木箱を見下ろしている。

せんべい筒にきれいに重ねて詰められたせんべいが、種類ごとに収まっているのだ。品名と値段を記した札が立っている。

薄胡麻《ごま》せんべい　二〇枚入り三〇〇円。

白せんべい　二〇枚入り三〇〇円。

ピーナッツせんべい　一〇枚入り三〇〇円。

せんべいの耳　一袋二五〇円。

「梅田《うめだ》さん、おはようございます」

玄関を出て、弘毅は挨拶をする。

「おはよう、弘ちゃん」

梅田のおばあさんはにっこりと微笑《ほほえ》む。なぎばあの切れ長の目とは違って、丸い目が細まり、右目尻のほくろがしわに埋もれる。農作業用の帽子の下からふわふわした薄茶色のパーマヘアが覗《のぞ》く。

「なぎばあ、よっしー、梅田さんだよー」

弘毅は家の奥に向かって叫ぶ。

梅田さんは週に二日くらい、山の畑に行く際やその帰りに薄胡麻せんべいを買ってくれる。昔はたばこ農家を広く営んでいた梅田さんだが、今はやめて自分たちが食べる米や野菜やリンゴなどを育てているというようなことを、よっしーたちの会話から知った。

路肩に軽トラが止まっていて、荷台にはプラスチックのかごやブルーシート、脚立《きゃたつ》などが積んである。運転席にはおじいさんが乗っている。浅黒い肌が光っている。肩ががっしりとして幅広く、首が太く頑丈《がんじょう》そう。緑色のキャップを被っている。

弘毅はぺこりと頭を下げる。おじいさんは柔和に目を細め、キャップをちょっと浮かせて挨拶を返してくれた。キャップを持ち上げるその手はグローブでもはめているかのように大きくてゴツい。

なぎばあが出てきた。

「若葉《わかば》さん、おはようございます。いらっしゃい」

「なんもなんも。来てけで、早すぎちゃったべか」

よっしーが餅の入った盥を運んできた。それをせんべい焼き窯のそばの、打ち粉をした台の上に空《あ》ける。

「おう、ばばあ、まだ動いてらったってか」

梅田のおばあさんに言う。

梅田のおばあさんも負けていない。

「やかましいわ。人のことばばあなんて言うけどね、同い年じゃないか。あんたこそちゃきちゃき動きな。なぎささんに面倒かけんじゃないよっ」

よっしーはヘッと笑って、運転席のおじいさんに「おう、じじい。おめえまンだ、シルバーマークば一枚ぽっち貼ってんのか。もっといっぺぇ貼ったらいかべ」と言って冷やかす。

梅田のおじいさんはひたすらにこにこし、前歯の欠けたところにたばこを挿《さ》し込んだ。

二人ともよっしーの同級生だそうだ。

「なぎささん、薄胡麻せんべいと、それから耳あるかい」

梅田のおばあさんが、せんべいの耳の在庫を聞く。

多くの南部せんべい店は切り落とした耳だけを別に売っている。本体よりも安くて量が多い。時間がたってももっちもちで、ツウの間では人気があり、小田せんべい店でも薄胡麻せんべいに続いてよく売れる。

「ああ、悪いね。昨日売り切っちゃってさ。今日のはまだできてねんだよ。取っておくから帰りにでも寄っておくれ」

「ありがっとぉ。……弘ちゃんはいつでも食べられるんだべ？　いいねえ」

弘毅はただむっつりと黙り込む。

「ああ、この子は耳は食《か》ねんだよ」

なぎばあが弘毅の代わりに伝える。

梅田のおばあさんは意外な顔をして「おろぉ、こったに、んめのさ。やっぱし子どもにゃまンだ耳の味は分からねか」と笑った。なぎばあも笑う。

「じゃあいってきます」

弘毅は遮《さえぎ》るように言った。

「いってらっしゃい」

ふっくらとした声で言う梅田のおばあさんが頭をなでてくる。もう四年生なのに、弘毅がチビだからこういうことをされるのだろう。弘毅はさりげなくその手から逃《のが》れ、駆け出した。

小田せんべい店はかつて奥州街道と呼ばれた県道沿いに建っている。

県道でありながら、車通りも人通りも少ない。車の音より、カラスやスズメ、セキレイの鳴き声のほうがよく響いている。

周辺には、猫がいる布団屋やプロパンガス屋、いつも震えているおばあちゃんが店主の美容院、店の人の姿が見えない牛乳屋、老朽化した店舗を改装した小さな喫茶店なんかが並んでいる。シャッターを下ろしている店舗や月極駐車場も多い。廃業した小児科もある。

県道から逸《そ》れると、住宅とリンゴ畑とブドウ畑、田んぼが広がる。時折、猫が路地の真ん中で集会を開いていることもある。

東へ向かって走っていた弘毅は、体に小麦粉がついていることに気づいて足を止め、バタバタと払った。

通学路沿いのお寺の参道に入る。ここには鉄棒や簡易なブランコがある。

弘毅はランドセルと水筒の袋を投げ出して錆《さ》びて傾《かし》いだ鉄棒にぶら下がる。

参道の前を小学生が通り過ぎていくのを眺めながら三〇数える。手のひらが熱く痛くなってくる。頑張れオレ。

同級生の越後《えちご》と中村《なかむら》が通りかかった。

「ういーす、弘毅ー」

「またやってるのか」

参道の入り口で、越後がサッカーボールを入れたネットを振ってくる。

中村はランドセルのベルトを握って、樽《たる》のような腹を突き出して突っ立っている。

弘毅は地面に下り、ズボンに手をこすりつけて錆を落とすと、ランドセルと水筒を拾って、二人のもとへ駆け寄った。

「えっつん、中《なか》やん、うぃーす」

越後は弘毅の次に背が小さい。すばしっこくて足が速い。が、せっかくの俊足も、運動会で一位を取ったことがないのは、おっちょこちょいでよく転ぶから。

中村は太っちょでメガネをかけている。クラスでも頭がいいほうだ。頭のためだとか言ってキャラメルとかグミとかをランドセルに忍《しの》ばせ、暇さえあれば食っている。でもガムは食べない。腹がいっぱいな気分にはなるが、実際は空《から》っぽなのが詐欺《さぎ》だと憎んでいる。

歩きながら、手のひらをフーフーと吹いて熱さと痛みを散らしていると、越後が、

「弘毅。ぶら下がり続けてたら腕が伸びて妖怪みたくなるんじゃね?」

と、腕をひらひらさせた。

「腕より背が伸びてほしい」

「ぶら下がったくらいで腕だろうと背だろうと伸びるわけないだろ」

と、中村が口をもぐもぐさせながら、曇《くも》ったメガネを上げる。鼻あてが鼻から浮いている。メガネを支えているのはほっぺただ。

松田《まつだ》歯科医院の前を通る。三人は黙《だま》る。歯医者の前を通る時は口を閉じていないと、夜中に

歯を抜かれると噂《うわさ》されているのだ。信じてるわけじゃないけど念のため対策は取る。

三人とも、若干うなだれ気味になる。弘毅は後ろに手を回してランドセルのお守りをぎゅっと握る。家の仏間の写真が思い浮かぶ。チラッと窓に視線を向けた。

すりガラスにキャラクターや花のステッカーが貼ってあって、目いっぱい楽し気に見せているけど、それが、地獄をカモフラージュする作戦なのだということは、みんなとっくに気づいている。騙《だま》されてるのはおしゃぶりをくわえたぴよぴよキッズだけだ。

そのガラスに人影が、にじむように映っていた。

弘毅は立ち止まって目を凝《こ》らした。影の大きさからいっておとなではない。

影は、弘毅が見つめていることに感づいたのかすぐに奥へ引っ込んだ。

「おーい弘毅ー。なにしてんだよー」

歯科医院を過ぎたところで、越後がサッカーボール入りネットを振っている。

弘毅は小走りで歯科医院の前を通り過ぎた。


四年一組の教室はサワサワと小さなさざめきがにじんでいた。

先生が、黒板に「町の文化を知ろう」と書いて、児童を振り向く。

弘毅は肘の小麦粉をせっせとはたいていた。

左隣の佐藤杏里《さとうあんり》がそんな弘毅に批判的な視線を寄越す。

「ちゃんと先生の話を聞いたら」

と、小声で注意してくる。

うっせぱーかと小声で言い返す。女子はなんでいっつもえらそうなんだ。

杏里が、ピンクのピンで留《と》めた短い前髪の下から睨《にら》んできた。知ったこっちゃない。

右隣は空席。二学期になって二ヵ月たつが、姿を見ていない。一学期は普通に来ていたのに、夏休み明けからパタリと登校しなくなった。静かなやつだが、いじめられてはいなかったし、勉強だって当たり前にできていたはず。

「ということで、今月末の課外授業は小田せんべい店にお邪魔することになった」

名前を呼ばれた気がして、弘毅は反射的に立ち上がった。

さっきまで確かにさざめいていた教室がしん、とする。みんなに注目された。杏里が、小田君を呼んだんじゃないよ、とささやく。

「いちいちうるせぇな。この有様を見れば言われなくたって分かる」

言い返すと、またムッとされた。弘毅は先生に顔を向ける。

「なんでオレんちなんですかー」

弘毅は自分ちにみんなが来るというのがうっとうしくて堪《たま》らず、口を尖《とが》らせた。

「だから、町の文化を知るためだよ」

先生が黒板を指す。『三津町の食文化』と書いてある。

「だから、それがなんでオレんちなんですか」

「南部せんべいは青森県南部から岩手県北部地域の郷土菓子だろ。この三津町にも当然関わってるからだよ」

「だからってオレんちじゃなくたっていいじゃないですか。他にも焼いてるところあるでしょ」

町内には四軒ある。人口一万人に届かない町に四軒が多いのか少ないのか分からない。

「小田せんべい店さんには了解を取ってあるんだ。義男《よしお》さんが大歓迎してくれたよ」

くそ、よっしーめ。奥歯を噛み締める。

「今はほとんどスーパーでせんべいを買うようになっちゃったけど、前は先生、よく弘毅んちに買いにいってたんだ。義男さん、先生を覚えていてくださったよ。嬉しいなあ。懐かしかったよ」

先生は呑気《のんき》に目を細めている。

みんなは、小田せんべい店にさほどおもしろ味を感じていないらしく、あからさまに白《しら》けた空気を垂《た》れ流した。

そういう空気になるのは予想通りだ。

まともな小四男子なら警察署や消防署、女子は洋菓子店や美容院に行きたがるもんだ。せんべい店なんて、老人会の旅行かなにかで、寺だの神社だのとセットで候補に挙がる場所じゃないか。

教室の空気が「小田せんべい店なんかがあるから、興味もないそこに行かねばならないのだ」という流れにならなければいいが、と案じていると、休み時間になって、机に腰かけ椅子に足をかけた大村正人《おおむらまさと》が声を張った。

「弘毅っていっつも埃《ほこり》まみれだよな。ランドセルもズボンも真っ白。ってことはさ、家もゴミ屋敷なんじゃねえの」

弘毅はヒヤリとする。またか。保育園時代から正人たちにはその件でずっとバカにされ続けている。保育園時代にはカッとして殴《なぐ》りかかってしまい大げんかになった。それに加えて、弘毅が「オレせんべい焼けるぞ」と自慢したのもよくなかったのかも。焼けると言っても、よっしーにつき添われてちょっとだけ焼いたことがある程度で、一から一人で焼いたわけではない。

女子が「そうそう！」と食いつく。

「確かに、通りから覗くと、どこもかしこも真っ白く埃が溜《た》まってるよね。段ボール箱もジェンガみたいに積み上がってるし、レジもすごい古いやつだし」

「レジの古さは関係ねえだろ」

弘毅はささやかに反抗してみせる。

「フケだらけだし」

女子の一人が弘毅の頭を指して顔をしかめた。

「小麦粉だよバカ」

「店の壁、木なんだぜ」

正人が、ただでさえ幅広の鼻をさらに広げる。

「せんべいより、ケーキとか焼肉とかのほうがいいよな」

正人の机のそばに立つ男子も机に両手をついて身を乗り出す。

弘毅はカチンときて、

「っせ、バーカ！」

と怒鳴《どな》った。

「そういうこと言うなよ」

越後が声を張った。弘毅は自分のことをたしなめられたと受け取って、睨んだ。ところが越後は正人たちを見据えていた。

教室が静まる。越後に影響力があるとか、越後がクラスのリーダーとかいうわけじゃない。むしろ正人たちのほうが上だ。なのに、越後の一言でしん、とした。

「店の壁が木だろうが段ボールだろうが関係ねえだろ」

越後が続ける。

段ボール……。

「誰だってケーキとか焼肉とかのほうがいいに決まってるよ」

中村も椅子から立ち上がって、そう発言した。

「だって、ケーキとか焼肉とかと同じくらいせんべいがいいんだったら、日本中にもっともっと広まってるはずなんだからさ。でもそんなに広まってないだろ。有名でもないし、大人気ってわけでもない南部せんべいをわざわざ授業で勉強しようっていうのは、有名無名とか、人気のあるなしとかの理由じゃないからだろ」

「そうそう。中やんの言う通りだ。だから家の壁とかレジとか関係ねえってんだろ、普通に考えて。段ボールだっていいじゃん、元気に生きてるんだから」

「えっつんもう喋《しゃべ》るな」

弘毅は越後の肩に手を置く。

みんなが笑った。越後のおかげだろう、張り詰めた空気が緩《ゆる》む。

だが、せっかく緩んだ空気を再び緊張させるかのように、正人が嘲笑《あざわら》った。

「課外授業の日は汚れてもいい服を着て来たほうがいいぞ。防塵《ぼうじん》マスクも必要かもな」

弘毅はますますカッとした。

「お前なんか、防塵マスクを一〇枚でも一〇〇枚でも被って窒息《ちっそく》すればいいんだ！」

「はあ？」

正人が腹から威嚇《いかく》の声を発して、机から飛び下りた。その勢いのまま突進してきて弘毅を突き飛ばす。弘毅は右隣の机にぶつかって机もろとも倒れた。

窓ガラスが割れんばかりの女子の悲鳴が響き渡る。

弘毅は起き上がって、近づいてきた正人の足を払った。正人がすっ転んで椅子をなぎ倒す。

弘毅と正人は立ち上がるとつかみ合った。ぬー、ぐー、がー、と互いに唸《うな》り声を上げる。

みんなが見てる前で負けたくない。負けたら、せんべい店をバカにされたままになってしまう。せんべい店は嫌いだけど、だからってバカにされるのはもっと嫌だ。

「弘毅、もういい。やめろやめろ」

中村が弘毅を押さえ、越後が羽交《はが》い絞めにする。

「正人やめろって。先生が来ちゃうぞ」

正人の取り巻きも同じように羽交い絞めにして引き離した。


放課後になると、越後はサッカークラブ、中村は塾へ行くので弘毅はたいてい一人で帰る。

顎《あご》のつけ根が強張《こわば》っている。くっそ、正人たちめ。思い出して奥歯をギリギリと噛み締めた。

手に提げた水筒の袋を蹴《け》りながら歩いていると、キュイイという金属音が聞こえてきた。

いつの間にか、松田歯科医院の前を通り過ぎていた。今更だけど、慌てて口を閉じる。ランドセルのお守りに右手を伸ばすも、指先をかするばかりでつかめない。

医院の後ろのほうで、カシャン、と金属が当たる音がした。

音がしたほう、歯科医院とタクシー会社の間を通る路地へ顔を向けると、バス一台分ほど離れたところに、門扉《もんぴ》を開けて、路地から松田歯科医院の敷地に入りかける背の高い少年がいた。

二学期になってから休んでいる松田潤《じゅん》である。

「潤」

思わず声をかけてしまった。

門扉を押し開く手を止めて振り向いた潤は、びっくり顔をした。

弘毅は泡食《あわく》って左手で口を押さえる。お守りを求めてせわしなく右手を動かすも、つかめそうで全然つかめない。

医院の建物と自分の位置関係を、目玉を動かして確かめる。大丈夫だ。通り過ぎていたから今のはノーカンノーカン、と神様とか自分を見張っているだろうなに者かに対して心の中で念押しする。

「なに」

その場に立ったまま潤が聞いてくる。案外普通だ。気まずそうな感じはない。

呼んだものの、特に用はない。だから思い出したことを問いかけた。

「今朝のすりガラスの影、潤だった？」

「……うん」

「なにお前、いつもああやって窓んとこに立ってんのか」

潤の視線が泳ぐ。

「……今日はたまたま」

ふうん、と弘毅はまじまじと潤を眺めた。

潤は背は高いけど目立たない。おとなしい。一学期の潤は、いつも本を読んでいた。話をしたことは少ない。

建物から、キュイイインと音がしてくる。弘毅は顔をしかめた。

ふと疑問が浮かぶ。松田歯科医院の前を通る時口を開けちゃいけないのなら、家の中にいる潤たちはどうしてるのか。

「お前、家にいる時、喋ったりしてんの？」

ポカンとした潤は首を傾げる。

「潤たちって笑うことあるの？」

潤は目を見開いた。まじまじと弘毅を見る。

「な、なんでそんなこと言うの。それどういう意味？　話し声も笑い声も消えたって言いたいの？」

「は？　誰もそんなこと言ってねーし。自分ちの噂、知らねーの？」

弘毅は周囲に注意を払いながら、歯科医院の前を通る時、口を開くと歯を抜かれるという噂を教えた。

潤は長く息を吐き、「ああなんだ。それなら知ってる」と頷《うなず》いた。あっさりし過ぎて、弘毅は拍子《ひょうし》抜けする。

「知ってたのか。もしかして、それが原因で学校来なくなったのか？」

まさか、と潤は肩をすくめた。

「そんな噂ずっと前からあるよ。だいたい、うちだけじゃなく、町のほとんどの歯科医院にはそういう噂がつきまとってるでしょ」

歯を削《けず》る金属の音と、子どもの絶叫が響いてくる。まるでお祭りだ。大炎上だ。弘毅は恐れをなし、あとずさって建物から離れる。耳をふさぎたいが、同級生の前でそんな赤ちゃんっぽいことはできない。

お医者の、つまり潤の父の声が一切しないところが、ますます怖い。潤の父は青白い顔にマスクをしてメガネをかけているのに、そのメガネが曇るということがない。息が冷たいのかもしれない。

ドリルを突っ込む時とか、ごつい指を口にねじ込んでくる時とか全然喋んないから、怒ってるんじゃないかと勘繰《かんぐ》っている。治療が終わってから喋ったとしてもマスクの下でもごもごと小声で言うのでさっぱり聞き取れない。まあでも歯医者で言われることなんてどうせ嬉しいことじゃないからいつも聞き流しているが。

ただ面倒なのが、家に帰ってからだ。母たちに「なんて言われた？」と聞かれても答えようがない。潤の父はなにを言っているのか分からないし、そもそも弘毅は聞く気がないのだから。母は、あ〜あ〜ほんとにもお、ちゃんと聞かなきゃダメでしょと呆れる。だったら母ちゃんも一緒に来ればいいじゃんと弘毅は思う。

潤と目が合った。

腰が完全に引けているのを自覚した弘毅は取り澄《す》ました顔を装って姿勢を正す。

「今度、課外授業でオレんちにみんなが来るんだ」

ビビっていることを知られたくなくて、話題を変えた。

「……ふうん」

潤の反応は今一つだ。

「町の文化を知ろうってさ。歯医者んちはせんべいなんて食わねえか」

潤は面食らった顔をする。予想外の反応に、弘毅は内心戸惑った。

「そんなことないよ。ぼくだって食べる。せんべい好きだし」

弘毅はほっとした。ちょっと笑みも浮かべられた。

「もしかしたら、せんべいを土産にあげるかもしれないぞ。よっしーの気分次第だけど」

「よっしー？」

「うちのじいちゃん」

「よっしーって呼んでるんだ」

潤が表情をほぐした。

じゃあな、と弘毅はそこから離れた。振り返ると、潤が門の前に立ってこっちを見ていた。

弘毅は前を向いて歩きだす。

あーあ、なんで課外授業のこと教えちゃったんだろ。あれじゃまるで来てほしがってるみたいじゃないか。——もうみんなが来ることになってるんだから、今更潤が来ても来なくても大した影響はないけど、でもなんで誘ったんだろう。


店舗に近づくにつれ、キイキイと軋む音や、硬い鉄がぶつかるガシャンガシャンという音が一定のリズムで聞こえ、パンが焼けるのに似た香ばしい匂いが流れてきた。

ガシャンガシャンという音は、せんべいの耳切り機の音だ。その機械は足踏みミシンの小型版のような形をしている。ペダルを踏んで、せんべいのむちっと分厚くはみ出した部分だけを切り落とし、ギョウザの羽根みたいな薄い耳を一センチくらい残す。

「お帰り」

せんべいの耳を切っていた母が振り向いた。

店内は暑い。窯の奥からゴオゴオ燃えるガスの炎が見えている。

「ただいま」

一度、耳切り機へ向き直った母が再びこっちを向いた。

「なんかあった？」

「ううん別に」

「水筒、シンクに出しといてよ」

「はいはい」

ランドセルから水筒を出すと、母が目敏《めざと》くキズや凹《へこ》みを見つける。

「あーあ、また傷が増えてるじゃない。ちょっと見せてごらん。……あーここなんて引っ込んじゃって。ぼっこぼこじゃないの」

「前からそうだったよ」

台所へ持っていってシンクに置く。それから階段下に引き返す。

「元気がいいのはいいことだけどケガはしないでよ」

「はいはい」

踏み台を棒の下に据えて、頭の上の棒にぶら下がった。

「学校からのお知らせのプリントはー？」

大声で問われる。

「あとでいいじゃーん。それよりおやつはー？」

「だめー、今寄越《よこ》しなさーい」

弘毅は体を揺らして勢いをつけ、手を離す。

ゴミ箱代わりのリンゴ箱に落ちた。

小麦粉の空き袋が詰まっていて、盛大に粉を巻き上げる。むせた。なにやってんのー？と母が聞いてくる。弘毅は体をおざなりに叩《たた》いて、店に戻った。

お客さんがいたので、弘毅は丁寧に愛想よく挨拶する。お客さんは粉まみれの弘毅のいで立ちを見て驚いた顔をした。その顔を見て弘毅を振り向いた母が噴《ふ》き出す。

「なにやってんのもー。真っ白じゃない。ドリフのコントじゃないんだから」

「ドリフのコント？　なにそれ知らない」

弘毅はランドセルを漁《あさ》って、プリントを底から引っ張り出した。ぐしゃぐしゃだ。おまけに破れた。千切《ちぎ》れた分も引きずり出した。受け取った母は、なんでこうなんだろうね、とプリントを開いて腿《もも》の上でしわを伸ばす。その間に弘毅は店の手洗い器で手を洗う。

「弘ちゃん、ほれ」

と、なぎばあが焼き立ての白せんべいを木箱から取って、差し伸べてきた。げっ、飽《あ》きた。

一応受け取ってかじる。飽きた。しっかり飽きている。それにしても飽きた。

「他にないの？」

「贅沢だねえ弘ちゃんは。ほんだら、仏壇さ上がってらの、食《け》」

け、とは「食べなさい」の方言だ。

「やった！」

隣の部屋に駆け込みかけ、足を止めて振り返る。

「芽衣姉ちゃんのは？」

「あるよ。一個ずつ食べるんだよ」

「よかった！」

「弘ちゃんは芽衣ちゃんのことも考えてあげるなんて、ほんとにいい子だよ」

違うんだ、なぎばあ。芽衣姉ちゃんと同じがいいだけなんだ。

仏間に飛び込み、仏壇の足が高い皿に手を伸ばした。

「ちゃんと手ぇ合わせるんだよ」

なぎばあの注意が飛ぶ。お鈴をチンチンチンと打ち鳴らして手をパンパンと合わせる。

「神社じゃないんだすけ、手は叩かねの」

「はいはい」

改めてさらに手を伸ばした弘毅は、心の底からがっかりした。ガーン、落雁《らくがん》だ。

「あっただろ？　食べていいよ」

なぎばあが勧める。

この世に落雁が好きな小四男子はどれくらいいるんだろう。想像する前にお腹《なか》が鳴った。

改めて花の形をしたそれを見つめる。ひょっとしたら今までの落雁と違って、画期的に旨いかもしれない。小四男子にもウケるようにクリーミーで、チョコレート味がするかもしれない。なけなしの期待を込めてかじってみる。

もろもろ。ぼろぼろ。パサパサ。ちゃんと砂糖味。ちょっと線香の匂いもする。オエ。いつものちゃんとがっかりする落雁だ。

「食べたらドリルやんなさいよ」

と、母。今のオレのどこにドリルなんかやれる力が残っているって言うんだ。学校でバカにされてケンカして、帰りに歯医者のドリルの音と絶叫を聞かされたうえに、腹を空《す》かして帰ってくれば線香臭い砂糖味を与えられたんだぞ。あ、そうだ、うちにみんなが見学に来るんだった！

弘毅は隣の部屋を、はめ殺しのガラス越しに見た。仏間とよっしーの作業場は、襖を取っ払って大きなガラスをはめ込んだ壁で仕切られているのだ。丸まった背中から首を突き出したよっしーがせんべいを焼いているのが見える。

弘毅は一旦土間に下りて、よっしーの作業場に入った。安江さんがよっしーの横で餅を切っている。

「よっしー、あのさっ」

「おう、帰ってきたか。んだら、珈琲ば買ってこい」

窯の上のアルミの灰皿に入っている小銭をつかむと、弘毅へ突き出した。弘毅は後ろで手を組んで、受け取り拒否の意思を示しながら、よっしーに詰め寄る。

「なんで見学ＯＫしたのさ」

「なんだって？」

よっしーは小銭を灰皿に戻し、消毒液を手に吹きかけると餅を型ではさむ。弘毅は足踏みする。

「課外授業！　うちを見学することだよ」

「いいべ。せんべい店の仕事を見てぇつってんだすけ、見てもらおうでねえか。昭和三〇年代のこの窯ば身近で見られる機会なんてそうそうあるもんでねえし、学校様たっての願いでうちが選ばれたんだ。そりゃあ大したもんだろ」

よっしーはズボンをギュッと上げ、身を反らす。自慢げだ。課外授業では輪をかけて自慢するつもりでもあるのだ。

弘毅はイライラしてきた。型の周りからはみ出た餅が、音を立てて膨らむ。

「よっしーはなんにも分かってない！　みんなが押しかけるなんて、セーシン的カチコミだっつってんの！　埃だらけのゴミ屋敷をみんなに見られて恥ずかしくないの？」

普段から寄っているよっしーの眉が、タダナラヌほど寄った。くっついているというレベルではなく、もはや互いの眉にめり込んでいる。

「なに、ケンカ？」

母が土間から覗き込む。よっしーは目を血走らせてムフー、ムフーと息を荒くして、ハンドルを握る手を震わせているし、安江さんは顔を固まらせている。

焦げる臭いがしてくる。

「なした？」

なぎばあもやってきた。

「うちが汚くて、埃だらけでボロくて通り土間が荷物で埋まっていてせまくて歩きにくくて義男さんのズボンがお尻に食い込みすぎていて恥ずかしいんだそうです」

安江さんが余計なことをちゃっかりつけ加える。

「埃じゃなくて小麦粉でしょ。そう説明すればいいだけよ」

母があっさりと解決策を述べる。

窯から煙が上がり始めた。

「あ、せんべいが焦げてます」

安江さんが窯を指す。母が急いで窯を回転させ、「あちあち」と言いながら焦げたせんべいを取り除く。

よっしーは弘毅を睨んでいる。弘毅も口を尖らせ、睨み返す。負けるもんか。

「あちゃ〜。こりゃお徳用としても売られないわ」

失敗作用の木箱に五枚投げ込んだ。せんべいの形をした真っ黒なそれは、落ちる端から砕《くだ》ける。

「さー焼こう焼こう」

母は悪いものでも祓《はら》うかのように手を打ち鳴らして店へ戻っていった。

弘毅は足を踏み鳴らして作業場を出た。怒っているつもりだったはずが、しくじった気分になっている。

部屋に入ると、ベッドに仰向けになって携帯ゲーム機のスイッチを入れた。ところがゲームに全然集中できない。何度も負けた。腹が鳴る。いつもよりずっと腹が減っている。時計を見るとまだ四時。夕飯まで三時間半もある。死ぬかもしれない。ゲーム機を放り出して、天井に向かってため息をついた。


バタンッ。

隣の部屋のドアが閉まる音でハッとした。

部屋の中が暗い。

眠ってしまっていたようだ。壁越しにクローゼットを開け閉めする音が聞こえてくる。

間もなく、部屋のドアがノックされた。弘毅が身を起こすのと同時に、ドアが開いて光が差し込む。弘毅は眩《まぶ》しさに目を瞬《しばたた》かせた。

廊下の明かりを背負った芽衣姉ちゃんが顔を出す。

「夕飯だってよ。……おじいちゃんとケンカしたって？」

弘毅は膨れっ面《つら》をする。

「汚いとかボロイとか言ったんでしょ」

「母ちゃんたちから聞いたのか」

「聞いた聞いた」

芽衣姉ちゃんが笑う。

「まあ、保健所検査はクリアしてるけど、確かにボロイことはボロイよね。あんたの気持ちも分かるよ。あたしも同級生に知られたくないし」

芽衣姉ちゃんの友だちが小田家に来ていたのは、せいぜい中学一年生までだ。越後と中村がいると、静かに遊ぶよう釘《くぎ》を刺されるので窮屈《きゅうくつ》だった。

幸い、芽衣姉ちゃんは中学二年生になると友だちを連れてくることはなくなった。そのため、弘毅たちはいくらでも騒げた。時々、手が空いたよっしーも交じってテレビゲームをやったりかくれんぼをやったりした。花札をやっていたらなぎばあにしこたま叱《しか》られたけど、主によっしーが。

諍《いさか》い後の食卓は気まずかった。

地味な里芋の煮っ転がしも、茶色いカボチャのコロッケも食卓を暗くするのに一役買っているような気がしてくる。

「こりゃ新米かい?」

なぎばあがご飯をすくい上げて母に確認する。

「そう。『青天《せいてん》の霹靂《へきれき》』だよ」

「んめなあ。米の粒が大きくてもちもちしてて、味が濃い」

「おいしいな、弘毅」

父が弘毅に話しかける。弘毅はかすかに頷く。もともと米の味はよく分からないけど、今日は特に分からない。

よっしーはムッとしたまま、カックイと菊の三杯酢をモリモリ食べている。酸っぱいものをあんなに食べてむせないのか、と弘毅は気になる。でも、おとなはワサビも平気だし、珈琲も砂糖やミルクなしで飲んだりするから、酢も平気なのかもしれない。おとなげないところばかりのよっしーのくせに、舌はおとななのが納得いかない。

「弘毅、謝ったら？」

母が促す。

「じいさんも意地張ってないで」

なぎばあがよっしーに言う。

弘毅とよっしーの目が合った。

二人は同時にそっぽを向いた。

夕飯のあと、よっしーが風呂に入ると、父がよっしーの作業場から弘毅を呼んだ。

なんだ説教かとおもしろくない思いで入る。

いつもの仕事終わりの作業場だ。片づけられている。

でも小麦粉は残っている。いつものことだ。窯は火が落とされているがまだ熱い。小麦がこんがり焼ける匂いもしっかりある。すべてが消えることは永遠にないんだろう。

父は換気扇の下で弘毅を待っていた。

「弘毅、見てごらん」

壁の柱を指す。

「傷があるだろ？」

見ると、確かに引っかいたような傷がある。小麦粉が詰まっていた。

「傷だ。たくさんある。これ、一生消えないじゃん」

「そうだな。家がある限りずっと残るな」

「呪い？」

ちょっとわくわくする。ただただボロいよりずっといい。越後や中村にオレんちの柱が呪われてる、と自慢できそうだ。

「そりゃ五寸釘だろ。じゃなくて、これはお母さんの成長の記録だよ。身長を刻《きざ》みつけていったんだ」

わくわくがスッと鎮《しず》まった。

自分は、その家をボロイとか汚いってこき下ろしたのだった。正人たちと同じように。バツが悪い。

「……二重線になってるよ」

「ああ、下の傷は……」

父は傷を見つめた。

風呂場からよっしーの歌声がこだましてくる。ちょっとあんた、近所迷惑さなるべな、と注意するなぎばあの声も聞こえてくる。

「確かに多いな」

父は、二重については触《ふ》れず、傷が多いことに言及した。その声に力はなく、表情はぎこちない。

弘毅は、傷から目を離さない父の横顔をじっと見つめた。

父は、

「……それほどお母さんの成長が嬉しかったんじゃないかな」

と、上側の傷をなでた。

弘毅は父が触れている傷からいくつか下の、二重傷の下側の傷に詰まっている小麦粉をほじくり出す。

さらにその下の二重傷の下側を掘《ほ》る。掘り進めていって腰を曲げ、しゃがんだ。

「ちっちゃ」

「ちっちゃいな。弘毅もこんだけ小さい頃があったんだぞ。おじいちゃんは、弘毅が保育園に入る前まで、おんぶしてせんべいを焼き続けてたよ。丸一日立ち続ける仕事なのに」

「……だから腰を悪くしたんじゃない？」

「そんなことはないさ。でもずっと弘毅をおんぶしていたのだけは確かなんだよ」

自分の家が課外授業の現場であっても、ひとまず学校へ行かねばならない。得心《とくしん》のいかぬ顔で、四年一組の二十一名の面々に交じり、弘毅は越後と中村にはさまれて自分の家にやってきた。

店内はきれいになっていた。床がちゃんと茶色だ。段ボール箱もジェンガみたいじゃなくて素直に重なっている。焼き窯も小麦粉が払われていたし、足元のホットカーペットも花柄模様が見えている。

母が焼いて、安江さんがお客さんの応対をしていた。

せんべいを焼くのを中断して、母が全員を土間に招《まね》き入れる。

「あたし、ここに初めて来た」

と、一人の女子が言う。あたしも、という声が上がる。珍し気に見回している。

「家の中に地面がある」

「通り土間っていうんだ」

先生が説明した。

「靴のまま入っていいんだよ」

「外国の家みたいだ」

「すげー」

荷物が壁側に積み上がっているせいで、人一人がやっと通れるくらいの幅しかない。みんな荷物を見上げていって、その先の壁掛け時計に気づく。振り子が動いてゴーン、と鳴る。笑い声が上がる。「鳴った」「鳴るんだ」「すごーい」神社みたいに手を合わせているやつもいる。

「おい、あれって松田じゃないか？」

中村がメガネのツルをつまんで、通りに目をすがめている。背伸びをしてそちらを見た越後が、あっほんとだ、と声を弾ませた。

見れば、こっちに向かってくるのはひょろりとした背格好《せかっこう》の男子。確かに潤だ。別にオドオドもしていなければ、かといって堂々としているわけでもない。だけど背筋が不自然なくらいピンと伸びて、足運びがどこか浮いているような感じがする。

「おーい、松田ぁ。久しぶりだなあ」

越後が屈託《くったく》なく手を振る。クラスのみんなが通りを振り向く。

潤が一瞬足を止めた。顔が強張《こわば》る。

学校には来ないくせに授業じゃないことには来るんだ、と女子のささやきが聞こえて、弘毅は嫌な気持ちになった。大きな舌打ちをしたら、彼女たちが非難交じりの目を向けてきた。

弘毅は潤に駆け寄る。

「よお、潤」

潤の目が少し細められた。

「うん」

「こっちだ」

「うん」

弘毅は潤を従えて店に戻ってきた。注目が集まる。先生が「おお、松田。よく来た、えらいぞ」と大袈裟《おおげさ》なくらい褒め称《たた》えた。潤の面持ちは一切変わらない。

奥からよっしーとなぎばあが出てくると、四年一組の面々は声を揃えて元気いっぱい怒鳴るように挨拶した。

まあまあよく来たねえ、となぎばあが顔中しわくちゃにする。よっしーはふんぞり返ってズボンをずり上げた。

先生が二人をみんなに紹介する。よっしーは「オレのことはよっしーと呼べ」と言い渡す。

「おめえらが将来立派なせんべい職人になれるように、みっちり仕事ば叩き込んでやっからよ」

「修業じゃなくて見学です」

先生が間髪《かんはつ》いれずに訂正する。

商売や買い物客の邪魔にならないように、二台ある焼き窯のうち、よっしー専用の癖のある焼き窯を見学することにして、奥へ進む。

仕事中のよっしーの作業場は相変わらず汚かった。一〇畳ほどの板の間はどこもかしこも真っ白で、床には足跡の白い筋が残っている。段ボール箱はめちゃくちゃに重ねられているし、牛乳パックや缶珈琲の空き缶がずらりと並ぶさまは、いっそ誇《ほこ》らしげですらある。

お椀《わん》やボウルが重なり、小型の秤《はかり》などが無造作に突っ込まれた茶簞笥の上には、黒くてごついラジオが置かれている。傷だらけで、その傷を小麦粉が埋めている。

ラジオからは、雑音交じりのパーソナリティの声が途切れつつ流れている。

『今週は二〇一〇年の曲をお送りしています』

とパーソナリティが言っている。弘毅が生まれた年だ。思わず耳を澄ます。

なぎばあが窯の傍らで、細長く丸めた餅を転がしながら手際よく切り分けている。

よっしーは、レンガで頑丈に作られた大きな窯を手のひらで叩く。

その窯に注目して、アップライトピアノみたいな形してる、と感動したのは、杏里といつも一緒にいる斉藤《さいとう》まなかだ。

「この焼き窯はな、小野寺式羽窯《おのでらしきはがま》っちゅーんだ」

みんなの顔が一斉に下を向く。メモを取っている。

よっしーは書き終わるのを待って、

「せんべい型は一列四枚並んでるものもあるども、うちは五枚だ。なあしてかって？　利益の問題だ」

と説明し、親指と人さし指で輪を作ってみせた。なぎばあがすかさず、注文の量に応えるためだよと言いかえるも、みんなのメモには「りえきのもんだい」と力強く書きつけられた。

「こりゃ昭和三〇年頃から使ってんだ。くそ坊主ども昭和三〇年って何年か勘定《かんじょう》できるか」

弘毅は、昭和三〇年だろ、と腹の中でツッコミながら首の後ろをかく。みんなは黙っている。

正人がくしゃみをした。

よっしーは質問をしっぱなしのままで、話題を変える。

「次は焼きの話さ入るぞ。いいか。ガスばつけて二〇分ばかりすると一八〇℃さなる」

みんなはメモを取る。質問が出る。

「なぁして一八〇℃で焼くかって？　ちょうどよく焼けるからに決まってんだろ」

よっしーが答える。残念ながら解説者としては適役とは言えない。

「温度計はここさあるども、こうやって手のひらをかざせばだいたい読める。火傷《やけど》？　初めのうちはするが、オレくらいのベテランさなるとそうはしねえ、なにしろ八つの頃から焼いてんだすけな。弘毅はオレより早くて、学校さ入る前から焼いてる」

そういきなり紹介されたものだから、弘毅は目を剝《む》く。注目が集まる。

「でも今は焼いてない」

弘毅は主張する。

「今は焼いてなくたって前は焼いてたんだろ。すげー」

感心する者もあれば、鼻で笑うやつもいる。正人は「自慢かよ」と聞こえよがしに批判してそっぽを向く。正人の仲間も同じく横を向く。

「オレは今七七歳だ。へば、何年焼いてる計算さなるど？」

よっしーは子どもたちの反応には関心を示さず、話をマイペースに続ける。

「六九年だ。焼き方は親父から教わった」

厳しいお舅《しゅうと》さんだったよ、と合いの手のようになぎばあが眉を寄せて呟《つぶや》く。

「毎日のように失敗しては叱られたもんだよ」

越後が熱心にメモを取っている。

覗いてみると、鉛筆で黒く塗《ぬ》り潰されたせんべいと、両手を上げて「コラー」と叫ぶ怪獣を描いていたのだった。

弘毅は深いため息をつく。

よっしーはガムテープで直したメガネをかけると手を消毒し、せんべい型に餅を置いていく。

最初に焼くのはピーナッツせんべい。

材料は塩と重曹に加えて、マーガリンと水飴と卵。マーガリンのおかげで餅が焦げず、次に焼くせんべいも油を引かなくてすむという。

右端のシングルの焼き型は火力が強くなる癖があるので、焦げないよう最後に餅を置く。甘く香ばしい香りが漂う。児童と教師は一斉に深呼吸する。

右側の大きな手回し車を手前に回して五枚の焼き型を下げ、次の型を繰《く》り出す。その合間にせんべいの案配《あんばい》を見て、足元の栓《せん》をひねってガスの量を調節する。

型の突起に取り外し可能なハンドルを嚙ませて二枚一組の型のふたを開け、焼けたせんべいを取り出し、新たにピーナッツと餅を投入、型を合わせる。餅がはみ出る。はみ出たところに小麦色の焼き目が回る。ハンドルを引き抜き、隣の型につけ替えて型を合わせる。

次に、餅を切り終えたなぎばあが、焼き上がったせんべいの耳を切っていく作業の見学。

ガチャンガチャンという力強い音と、あっという間に耳が切り落とされていく様を、潤は凝視《ぎょうし》している。バカにしていた正人たちですら釘づけになった。

「どうして耳を落とすんですか」

潤が質問した。

「落とさねえと湿気が回っちまうんだよ」

と、よっしーが手回し車を回しながら答える。

弘毅は初めて知った。知らなかった言いわけをすると、これまでそんなことを改めて知りたいと思わなかったから尋ねなかったのだ。

その質問を皮切りに、次々と手が上がる。

「なんで湿気が回るとダメなんですか」

「カビるだろ。日持ちもしねえ」

「なんで日持ちがしないとダメなんですか」

「利益の問題だよ」

親指と人さし指で輪を作ってみせた。なぎばあが、よっしーの前に立って「お客さんさ長く味わってもらうためだよ」と大きな声で言い直したが、みんなのメモには「りえきのもんだい」とありったけの筆圧で書きつけられた。

潤は耳がどんどん切り離されていくのを真面目な顔つきで見つめていたが、ふっと顔を背《そむ》けた。口を真一文字に結び、眉を寄せて視線を落としている。

弘毅はそんな潤と耳切り機を見比べ、どういうわけか親近感を持った。

次に焼くのは胡麻せんべい。胡麻がピンピン跳《は》ねて香ばしい煙が立つ。

「はい、質問です」

一人が手を上げた。

「なんだ」

「他の仕事をしたいと思ったことはありますか」

「ねえ」

即答だ。みんなはメモに「ない」と書く。

「そったこと思うわけねえべ。オレはせんべいを焼くのが好きなんだ。小っちぇ頃からずっと焼いてきたのは、好きだすけだ。好きならほうっといたって続ける。ありがてぇことに、せんべい店を続けてきたおかげで子どもば持てたし、孫も持つことができた」

弘毅はよっしーを見た。

「孫はオレと気が合うくそ坊主だ。家族はみんな仲がいい。仕事ば手伝ってもける。オレほど幸せな男はどこを探したっていねえ」

「あんたほどおめでたい男はどこを探したっていねぇ、の間違いだべ」

なぎばあが口をはさむ。先生が噴き出した。みんなはキョトンとしている。

よっしーは手回し車を回す。

「ガキの頃は台っこさ上がって焼いたもんだ。車さ手が届かねえすけ、いちいち台から下りていって回したもんだ。台ば踏み外して足首をくじいたこともあったな。自分で焼いたせんべいば親友たちと食べた。あの頃ぁ、焼き立てさバターば塗ったもんがお気に入りのおやつだったな。親の目ば盗んでバターをくすねるんだ。親ってのは背中にも目がついてるすけ、命がけで盗んだな。せんべいさバターがしみ込んで、んめかったことといったらねかった。津軽飴っつー水飴ばせんべいさたっぷり塗ってはさんだものも、んめかった。津軽飴は今でも売ってる。たまにおやつに食う。あ？　ピーナッツせんべいさ使う水飴があるべって？　バカ言うな。そりゃ商売さ使うもんだ。手は出せねえ。昔はせんべい店がバカにされてたんだけどな――」

弘毅は思わずよっしーをじっと見た。そういう話も聞いたことはなかった。

「オレはせんべいば焼くのが好きだったすけ、そんなの屁でもねかった」

弘毅は俯《うつむ》いた。床の小麦粉を足先でこする。

「おい、メモば取れ」

誰も取らない。

先生が顔の横に手を上げる。

「あ、ぼくが取ってますんで大丈夫です。どうぞ続けてください」

よっしーは昔話をとうとうと語る。

みんながせっかく興味を持ったのに、よっしーの話が長引くにつれて、あちこちからあくびが漏《も》れ始めた。私語も聞こえ出す。

潤だけが、せんべいが焼き上がっていく工程を興味深そうに見ていた。

弘毅はまたまたそんな潤を見て、変わったやつだと思った。

みんなの後ろにいた正人たちが、足を横に滑らせていたが、そのうち本格的に滑り始めた。

体をぶつけ合って声を殺して笑っている。女子が迷惑そうな視線を投げかける。

先生がそんな正人たちを振り向いた。

「コラッ！」

と、怒鳴った……のはよっしーだ。

びくっとした拍子に正人は積み重なった段ボール箱に頭から突っ込んで盛大に崩《くず》した。

立ち上がろうとする正人を、みんなはおろか、日頃つるんでいるやつらまで冷笑したり、どん引いて眺めたりしているだけ。それで弘毅は、仕方なく手を貸してやった。うちで起こったことじゃなきゃ、助けてなんかやるもんか。

正人は礼なんか言わなかったけど、弘毅の手を払うことはなかった。下を向いて顔を真っ赤にし、弘毅とは目を合わせない。

先生がよっしーに謝る。よっしーは聞いていない。

「くそ坊主が、まともに滑ることもできねえのか。どりゃ見本ば見せてやる。ほれ弘毅、おめぇちょっとの間、窯ば見とけ」

よっしーはハンドルを弘毅に押しつけると、ガスがついた窯の前から離れ、壁まで下がる。

なぎばあが、じいさんやめれ、と止めるが、素直に聞くじいさんじゃない。

弘毅の背後で数歩の駆け足の音がしたかと思ったら、四年一組の面々が歓声を上げた。

見事に滑ったらしい。

が、弘毅はそれどころではない。せんべいを焼いたのは小さい頃で、気まぐれにやったきり

だ。焦げないように生焼けにならないように手回し車を回して型を上げては様子を確かめると
いうことを焦《あせ》りながら行う。大忙しだ。
背後でまたもや歓声が上がる。正人の笑い声もした。なぎばあがよっしーを叱りつける金切り声が響く。みんながなにを言っているのか聞き分けられないがただ一つ、ラジオが「来週は二〇一一年の曲をお届けします」と案内したのだけははっきりと聞こえて、弘毅は反射的にラジオを振り向いた。
弘毅が焼いたせんべいはほとんど焦げた。

町内の防災無線からお昼を告げるチャイムが鳴り響く。

見学が終わり頃になると、よっしーはみんなに、好きなせんべいを持っていけと勧めた。場はにわかに沸《わ》き立ち、正人や杏里までが目を輝かせる。ピーナッツが一番人気だ。越後も中村もピーナッツを手に取る。なぎばあが、茶色い紙袋に入れてやる。

潤は、木箱に群《むら》がるみんなから一歩も二歩も離れたところでよっしーになにか話しかけていた。よっしーは窯を指してあれこれ説明している。

弘毅は近づいた。

「潤。お前ももらってけよ。ピーナッツせんべいがいいか?」

弘毅は箱から何枚かつかんで、茶色い紙袋に入れて差し出す。

「ありがとう」

潤は受け取ってじっと見ると、「この半分を薄胡麻せんべいに替えてもいい？」と聞いてきた。

「え？　うん、そりゃもちろん。別に替えなくても、足していいよ」

「ありがとう。それと、耳がまだついてるやつがいいんだ。いい？」

「おう、いいぞ」

と、張り切って了承したのはよっしーだ。

「わがまま言ってごめんなさい」

潤が礼儀正しく謝る。

「謝ることたねえ。せんべいにこだわりのあるやつぁ、気に入った」

よっしーは上機嫌だ。上機嫌すぎてズボンを上げる力も素晴らしく、いつも以上に尻に食い込ませた。

よっしーが紙袋に追加する。ありがとう、と潤は白い歯をこぼした。

「弘毅も耳さこだわりのあるやつなんだ」

よっしーが弘毅のこだわりというか、弘毅にしてみればせんべい自体のこだわりではないのだが、そう、潤に伝える。

潤は弘毅に視線を転じた。弘毅は反射的に視線を逸らす。

「くそ坊主ども。お前らそっくりだな。弘毅は耳が要らねし、潤は耳が要る。どっちも耳さこだわってる」

弘毅は潤の視線を感じて頬をかく。

よっしーは満足げに顎をなでた。

潤が頷く。

耳はくっついていなくちゃダメなんだ。切り離されちゃダメなんだ。そう潤が噛み締めるように漏らしたのを、弘毅は聞いた。

見学の帰り、潤は学校へは戻らず、途中で先生に断って歯科医院に帰っていった。

みんな口を固く閉ざしたまま、医院に入っていく潤を目で追う。建物からは硬いドリルの音が響いている。

「みんな、口を開けても平気だぞ。だって、潤は家で喋ってるんだから」

弘毅は言ったが、何人かは首を横に振って唇を巻き込むほど口を引き結ぶ。

「あ、そうか。それもそうだな」

「ぼくは初めからそう思ってたよ」

「なんで今まで気づかなかったんだろ」

口を開いたのは越後と中村。そして正人。正人が自分たちの会話に加わってくるなんて、弘毅にとっては意外だった。

正人と目が合う。

彼は目を逸らして、学校に戻ってから食えと念を押された小田せんべいを袋からごそごそと取り出すと、バリッとかじった。

五時間目までの授業を終えて帰ってくると、軽トラが店の前から出発したところだった。梅田さん夫婦が車内から弘毅に手を振る。弘毅は商売人よろしく丁寧に頭を下げた。

家に入った弘毅に、なぎばあと安江さんが目配《めくば》せしてきた。

「歯医者さんとこの潤君が来てるよ」

「え？　なんで？」

「じいさんの窯で焼いてる」

「え？　なんで？」

「じいさんが、許可を出したすけよ」

話が呑《の》み込めず、家の奥へ進むと、よっしーの作業場に潤がいた。頭と首にタオルを巻いて、まるで「何年もここでこうしてせんべいを焼いていましたがなにか」というように、せんべいを焼いている。

「おい潤。なにしてんの」

弘毅が近づくと、潤が顔を向けたが、すぐに窯に戻す。

「これ、頭が空っぽになるからいいね。焦がさないように生焼けにならないように気をつけてると、いろいろ考えなくてすむよ」

キイ、キイと回す。

「弘毅、おめえもやれ」

よっしーが顎をしゃくる。

弘毅はポケットに手を突っ込む。横から潤が焼くのを見守ることに徹する。

潤が焼けたものを長い指先で慎重に取った。

「ああ、また焦がしちゃった。失敗が多いなあ」

「これは良く焼けてるじゃん」

弘毅は木箱から一枚二枚とよさそうなものを拾い上げる。

「初めてでそれだけ焼けるってのは、潤は要領をつかむのが早ぇな」

よっしーが感心した。

弘毅はちょっとムッとする。

「そろそろ休憩にしたら？」

母がグラスに注《つ》いだリンゴジュースを運んできた。なぎばあが、店のほうから「仏壇さー落雁がー上がってらー」と勧めてくれるが、弘毅もよっしーも潤も、落雁には興味を示さない。

「オレはもうちょっと焼くすけ、お前らはおやつさしろ」

よっしーは潤と交代する。

が、弘毅は黙ってよっしーを押しのけると、手を消毒して型に餅を置き始めた。

よっしーも潤もなにも言わない。

二人の視線を背中に感じながら黙々と焼いていく。暑くて汗が噴き出した。せんべいに滴《したた》り落ちそうになる。

背後でごそごそとやる音が聞こえる。おそらく茶簞笥の引き出しをかき回しているのだと推測すると、案の定、よっしーが横からタオルを差し出してきた。

弘毅はせんべいを気にしつつ素早く頭と首に巻く。

小さい頃こうして焼いた。

せんべい店は嫌いだったけど、せんべいを焼く工程には興味を持っていた。大きな窯を自力で動かすのもかっこいいし、餅が白から小麦色に変わって膨らんでいく様子もおもしろいし、焼きたての香りを嗅《か》ぐとなにか、胸の奥にきれいな清水が染み渡っていくような、なんとも言えない気持ちになるから。その気持ちは決して悪いものじゃなかった。そういうふうな気持ちにさせる香りを、自分が作り出せるというのが弘毅を惹《ひ》きつけた。

当時は窯の横の手回し車に手が届かなくて、よっしーが回してくれた。型に嚙ませるハンドルは両手で握った。重かった。火傷《やけど》をした。その痕《あと》は、手の甲にほんの少し残っている。目を凝らせば見える程度だ。もっとくっきりと残っていたら自慢できたのに。このままどんどん薄くなって、最後には消えるんじゃないかと予測すると、惜《お》しい気もする。

いつの間にやらよっしーと潤がせんべいをかじるシャクシャクという音が聞こえていた。焼き立ては、サクサクというより、たくさん空気を含んで軽い食感のシャクシャクという音になる。

一回転目は五枚とも焦げた。二回転目は生焼けだ。

くそ、難しい。弘毅は、餅が焼けて膨らむ時の「プッシュー」「スピー」という音にのみ耳の神経を集中させる。何枚も失敗する。一枚たりとも上手《うま》く焼けない。

「おうおう、くそ坊主。失敗だけは天下一だな」

せんべいをくわえたよっしーがそばに来て、失敗作を拾い上げる。

「オレだって完璧に焼こうと思えば焼けるんだ。だけどずっと休憩してたから勘が鈍《にぶ》ってるだけ。今に取り戻す」

「へ。勘だぁ？　本職みてぇなこと言いやがって。いいぞ、一丁前の口を叩くやつをオレァ気に入るんだ」

なあ？　と、潤のほうを振り向いた。

「なに、潤も『一丁前』の口を叩いたとか？」

弘毅の口調は意図せず挑戦的になる。

よっしーが潤の肩に手を置く。

「絶対、ちゃんと焼けるようになりますって宣言したぞ。こんだけ失敗しといてそう言い切れるたぁ見込みがある。おめえらそっくりだじゃ」

はははとよっしーが高らかに笑う。

またもやそっくりと言われて、弘毅のライバル心は、燃え上がる。

キイキイという音に紛《まぎ》れて潤が、だって、とポツリと漏らした。

「母さんに、送りたいから」

思わず潤を一瞥《いちべつ》する。目が合うと、潤は口を結んだ。

弘毅は窯に向き直って手回し車を回していく。

少しして、潤が再び口を開いた。

「夏休みに母さんがうちから出ていったんだ。母さんはよく薄胡麻せんべいを食べてた。耳が残ってるやつが好きだった。買ってくるのはいつだって小田せんべいだったよ」

ああ、確かに松田の奥さんは買いに来てくれてたな、とよっしーが言う。

弘毅には正しい返事が考えつかない。ただ、松田歯科医院の前で潤が「話し声も笑い声も消えたって言いたいの？」と食ってかかった理由は分かった。

手回し車はキイキイと、寂しい音を発し続ける。

「送ってもらったら、そら喜ぶべ」

と、よっしーが断言した。

「オレもそう思う」

弘毅はよっしーの意見に乗る。

潤はなにも答えなかったが、不思議と、安堵《あんど》した空気は伝わってきた。

ただいまー、と芽衣姉ちゃんが帰ってきた。

せんべいを焼いている弘毅を見て、

「あれ、あんたせんべい店が恥ずかしいんじゃなかったの？」

と、首を傾げる。弘毅はそっぽを向いた。

潤が、こんばんは松田潤です、と挨拶する。

芽衣姉ちゃんは「いらっしゃい」とにっこり微笑む。他人には問答無用で愛想がいい。

母が、切った餅を平たい箱に盛って運んできた。

「さっきまで潤君が焼いてたのよ、ね？」

「は〜、なるほど。それで弘毅は急に考えが変わったってわけか。裏切り者」

芽衣姉ちゃんは、弘毅が自分の仲間だと位置づけていたらしい。

「ほら弘毅。もうそろそろ父さんと交代したら？　売り物を作ってもらわなきゃ」

弘毅は渋々よっしーに場所を明け渡す。手が強張って、ハンドルを握る形のまま、なかなか開かない。それが火傷と同じように誇らしく感じた。

潤は焼き立ての耳つきせんべいを手に帰っていった。車のヘッドライトと街灯の明かりを受けたその背中を、弘毅は店の前から見送った。

弘毅にとってせんべい店は恥ずかしいものだったが、潤にとっては真逆だったと知った。嬉しさとライバル心と照れ臭さと面目なさが、ごった煮状態で押し寄せてきてじっとしていられなくなり、なぜか分からないが、急いで階段の下に行って棒にぶら下がった。

腕のつけ根と背筋が伸びて胸が広がると、ごちゃごちゃしていた気持ちがすーっと引き、清々《すがすが》しい気分に取って代わった。


数日後、潤が学校に来た。

弘毅と越後と中村が弘毅の席に集まって喋っていると、女子数名が賑《にぎ》やかに教室に入ってきた。教壇に立つと、教室中を見回す。

「みんな、聞いて。あたしたち、松田君がランドセル背負ったまま保健室へ入っていくのを見たよ」

お喋りや読書をしていたみんなは、一旦は教壇の彼女たちに注目し、意外そうな顔をした。弘毅も少し驚いた。

「びっくりだな」

と、越後が笑顔を弘毅に向ける。

「驚くことでもないよ。一学期は普通に登校してきてたんだから」

言いながらグミを口に入れようとした中村は、「やっぱやめとこ」と袋に戻した。

「それもそうか。あ、それに課外授業にだって来れたんだもんな」

越後は頭の後ろで腕を組む。

弘毅は隣の席を見て、せんべいを焼く潤をそこに思い浮かべた。

潤の話題はすぐに立ち消え、みんなはお喋りや読書に戻っていった。

休み時間に弘毅が保健室へ行ってみると、潤は白い机の上に教科書やノートを広げていた。

「休み時間だぞ。保健室登校でも休み時間は同じだろ」

保健室に入って開口一番指摘すると、潤は表情を解《ほぐ》した。

「この前はせんべいを焼かせてくれてありがとう」

「ああ、うん。いつでも来ればいい。で、母ちゃんにせんべい送ったか？」

尋ねると、潤がうん、と答える。

「耳はどうした。つけたまま送ったのか？」

「もちろん」

潤の声が弾む。

潤の素直な明るさとは裏腹に、弘毅は胸が毛羽立つのを感じた。舌打ちしそうになる。

すっと、潤が目を伏《ふ》せる。

「耳つきのまま食べてくれるかな……」

心細げに呟いた。

「どうだろうな」

と、答えて、すごく意地悪い答えだなと気づいた。自分も嫌な気分になる。

「食べてくれるだろ。潤が焼いたんだから」

そうつけ加えて、ちょっとでも嫌な気分を薄めようとした。

潤は顔を上げた。少し明るさを取り戻している。弘毅はホッとした。

返事はあったかと聞くと、潤は首を横に振る。

「そうか。でも死んじゃったわけじゃないんだ。生きてるんならいつか会えるって」

意地悪い気持ちなどすっかり消えて、心の底から元気づけた。


二日後。

その日の四年一組は、いつもと変わらなかった。朝の会が始まるまで、教室はざわざわとし、弘毅と越後、中村は弘毅の席で、ゲームの話で盛り上がっていた。

と、教室がしん、とした。

顔を上げると、扉のところに潤がいた。

注目が集まったのはわずかな時間で、すぐにみんなは自分たちのことに戻り、ざわめきが戻ってきた。

潤の顔は明るかった。明るい顔のまま弘毅の隣の席にやってくると、ランドセルを机に下ろし、弘毅に向き直った。

「小田君、来たんだ！」

「いや、来たのはお前だろ」

越後が突っ込む。不登校だったやつに気を遣《つか》うことを知らない越後に弘毅は、心の底から感心した。

潤は越後と中村の存在を気にしてか、「誰が」を言わない。

「電話が来た。声を久しぶりに聞いた。おいしかったって。そう言ってた！」

おそらく潤の大きな声を聞いたのは、全員が初めてだろう。みんなが呆気《あっけ》に取られている。

輝いている潤の顔を見て、弘毅の胸に瞬く間にいろんな感情が沸き起こった。よかった、と思う。でも、それとは真逆の感情もある。素直に喜べない。

「なに、なんの話？」

越後が、文字通り弘毅と潤の間に首を突っ込んでくる。

「なにか嬉しいことがあったんだな」

と、中村がメガネのツルを上げる。

二人の言葉に、弘毅は我に返った。

「よ、よかったな。おめでとう！」

弘毅は教室を見回した。

「おいみんな、潤にいいことがあったんだ！」

自分の濁《にご》った感情を打ち消そうと、ことさら明るく触れ回る。

教室の微妙だった空気は、潤のキラキラの笑顔によって、だんだんとふんわりした空気に変わってきた。最後には「よかったな」「なにがよかったのか分かんねえけど、よかったのならよかったよかった」と祝い始めた。正人たちもこっちを眺めている。そこに嫌な空気はない。

よかった、おめでとうと言っているうちに、弘毅も本当に嬉しくなってきた。

潤が教室に戻ってきたことと、また、潤を輝く笑顔にさせたせんべい店が誇らしく思える。

心の中でガッツポーズを作った。

よっしー、やったじゃん。

弘毅と潤はたびたび一緒に帰るようになった。潤は家に寄ってランドセルを置くと、小田せんべい店へやってきて、よっしーの休憩中に焼く。

潤がめきめきと腕を上げていくものだから、母がよく褒めた。すると弘毅も負けじと焼くのだった。

よっしーが休憩から戻ってきた。せんべいを焼いていた二人を見て、「二人揃ってよく焼きやがる。おめーらみてぇなのを『せんべい型』って呼ぶんだ」と言った。

「は？　なんで？」

弘毅は尋ねる。

「二枚一組でいつも一緒に行動してるすけよ」

よっしーが二人と交代してせんべいの型にハンドルを噛ませて持ち上げた。ブリッジでつながっているため、二枚一緒にふたが上がる。焼けたせんべいを取り、新たな餅を置き、二枚一緒のふたを下げてはさむ。それを見た二人はなるほどと納得した。

二人が焼いたものはおやつになった。

せんべいを食べたあと、弘毅は特別に潤をぶら下がり棒へ案内した。二人並んで取っつく。

「これ、腰も伸びるし脇も伸びて気持ちがいいね」

「だろ？　背も伸びるぞ。腕も伸びるだろうし」

「それなら、胴も伸びるかもね」

「やなこと言うなよ」

潤は頬を緩め、弘毅は棒から飛び下りてズボンを思い切り上げた。尻に勢いよく食い込み、うへっと声を上げた。

二章　甘く香ばしいチョコクランチの冬

風はなく、雪が降りしきっている。二月の雪は一粒一粒が肥《こ》えて重たい。

「おー、おー、のつのつど降ってらじゃあ」

裏庭でかまくらを作っていた弘毅と潤に、よっしーが声をかけた。

潤はいまだ、たまに小田せんべい店に来てせんべいを焼く。着実に腕を上げている。センスがあるのね、と母が感心すると、弘毅のやる気にも火がついて、ちょくちょく焼くようになっていた。

積み上げた雪の山に塩水をかけてシャベルの背で叩いていく。

弘毅はもっとでかくしようと意気込み、潤は平たい置き石がかまくら内のベンチになるよう全体を大きくしようと雪を寄せている。

「ほれ、そっち側がでこぼこしてらど」

「どっち？」

「右だ」

「こっちですか？」

「違うそっちは左だ。オレが言ってるのは右だ右」

弘毅と潤がよっしーから見て右手に回って削り始める。

「バカ、削ったらもろくなるべ」

「えー、じゃあどうすんのさ」

「しょーがねえなおめえらは、んっとにもぉ」

よっしーがズボンをずり上げながらサンダルで近づいてくる。雪に膝まで埋まるが、気にした風はない。弘毅からシャベルを奪うと、せっせと雪を張りつけ始めた。

「見てねえでお前らもやれ」

弘毅は如雨露《じょうろ》で水をかけ、潤はシャベルで雪を張りつけていく。

「滑り台もつけるか」

よっしーが魅力的な提案をしてきた。

「滑り台!?」

「屋根から下までつけるんだ」

「よっしーそれいい!」

「最高ですね」

潤が賛成する。

「じいさん、いつまでやってんの。早く仕事さ戻れ」

なぎばあが目をつり上げて怒鳴り込んできた。よっしーはフル無視して雪を盛り上げ続ける。

芽衣姉ちゃんが、土間の出入り口から顔を覗かせた。手にはファストファッションブランドの茶色い紙袋をいくつも提げている。

「よくやるねえ」

「あ、小田君のお姉さん。こんにちは、いらっしゃい。こんにちは」

「こんにちは、いらっしゃい。ほんと二人はいつも一緒だねー。風邪引かないようにね」

芽衣姉ちゃんはお客さんに対する通常営業以上に愛想よく、潤に優しい言葉をかけて立ち去った。

「お姉さんいつも明るくて優しいよね」

「小遣いが入って好きな服を買い込めたから機嫌がいいだけ」

「服が好きなの？」

「小遣いのほとんどを注ぎ込んでるっぽい」

「小田君は？」

「オレが注ぎ込むのはゲームとおやつ。潤は？」

「ぼくはお小遣いはないんだ。欲しいものがあればその時にもらう」

「羨ましいのかそうじゃねえのか、分かんねえな」

芽衣姉ちゃんと入れ違いに、母が顔を出した。

「お腹空いたでしょー？　せんべい汁食べな。熱々の具だくさんだよ」

「食べるー」

弘毅が声を明るくする。

「オレは一味ばいっぺぇかけて食うど」

よっしーが真っ先にシャベルを放り出して、そちらに足を向ける。

「あんたは先に仕事ば片づけてから！」

なぎばあに背中をど突かれた。


教室中に、バレンタインという単語が飛び交っている。

越後はジャージのファスナーを忙《せわ》しなく上下させていたが、今しがたしっかり噛ませたし、中村は興味なさそうな素振りで塾の問題を解いているし、正人はやたら女子の周りをうろちょろしている。

弘毅は、隣の席の潤が開いている『改訂・合本 南部せんべい・せんべい汁・食べ物 小事典』という本を覗き込んだ。

「そんな本があるのか」

「南部せんべいのいろんな食べ方が載ってて、昨日、小田君ちで食べたせんべい汁も載ってるよ」

チョコレートの話題が蔓延《まんえん》する中で、せんべい汁の話を持ち出す潤に、弘毅は崇拝の眼差《まなざ》しを向けた。

三つ離れた席から佐藤杏里が、「弘毅。去年のバレンタインデーのお返し、せんべいだったよね」と言ってきた。斉藤まなかは「ユニークだよね」と思い出し笑いをしたが、他の女子は

「ダサ」「ほしくないよ」と辛らつな言葉を投げてくる。弘毅はカチンとくる。

小遣いをもらっているのに、その上さらに「お返し」を買うお金をねだりたくはなくて店の商品を持ってきたのだ。でもそれは彼女たちには不評だった。

弘毅は彼女たちの文句を聞きたくなくて、耳に指を突っ込んで「うっせ、くそがっ」と怒鳴った。自分の声が耳にガーンと響いて、「やかましわっ」と指を抜く。

「サイテー」

「すぐにバカとかくそとかって言う」

キンキン声で罵倒《ばとう》された。

「えっつんのお返しはガチャガチャの景品だったよね。あれもいらなかったし」

「でも中やんのお返しはおいしかった。外国のチョコレートは初めて食べたよ」

女子たちのお返し品評会に、越後がははと誇らしげに笑い、中村はメガネのツルを上げて、まあそれくらいは、と得意げに謙遜《けんそん》している。

「潤君のお返しは、歯ブラシだったね。松田歯科医院って書いてあるやつ……」

女子のトーンが葬式のように落ち込む。

「歯医者の息子なんだからそりゃそうなるだろ」

弘毅は納得して、潤を見ると、潤は不思議そうな顔で女子たちを眺めていた。こちらは彼女たちの反応に納得いっていないようだ。

弘毅は深呼吸して、杏里たちに宣言した。

「そんなに言うなら分かった。今年はグレードアップしたお返しをしてやっからな」

「ほんと？」

「期待するからね」

杏里たちが沸く。潤は穏やかな笑みを浮かべて本に視線を落とし、越後は「お！　そんならオレも弘毅にチョコレートあげようっと！」と前のめりになり、中村は「ぼくも。楽しみだなあ」と熱い息を吐いた。


家に帰ってくると、梅田夫婦や数人のお客さんが掃き出し窓のところに並んでいるのが見えた。芽衣姉ちゃんが接客している。店が混むと駆り出されるのだ。

せっかくの午前授業だったのに、とぼやいているが、お客さんに対しては愛想よく振る舞っていた。

弘毅は芽衣姉ちゃんを真似てお客さんに挨拶する。それから芽衣姉ちゃんに問いかけた。

「母ちゃんは？」

「商工会に行ってる。じゃあ交代ね」

芽衣姉ちゃんが腰を上げる。

「えー、腹減ってるのに」

「それならおやつ食べてきて。それまで待ってるから」

弘毅は階段の下に行き、踏み台に上がって棒にぶら下がる。あんまり長くぶら下がっていると芽衣姉ちゃんに催促されるので一〇数えて下りた。リンゴのジャムをせんべいにつけたものをおやつとしたのち、店に出る。

すると姉は、数人の学生の相手をしているところだった。彼らはコートやダウンジャケットを羽織《はお》っており、揃いのチェックのパンツやスカートをはいている。

弘毅は、芽衣姉ちゃんが受験に失敗した八戸《はちのへ》市の高校に通う人たちだとピンときた。なぜなら去年、食卓にまで学校のパンフレットを持ち込んで付箋を貼りながら「友だちと受験する」と熱心に見ていたから、その制服は弘毅の目にも焼きついていたのだ。

パンフレットは合格発表のあとしばらくたったゴミの日に、町指定ゴミ袋にギュウギュウにねじられて突っ込まれていた。黄色い付箋もそのままだった。

今、姉は町内の三津高校へ通っている。

居並ぶ女子高校生たちは、弘毅にも見覚えがある。

中学生の頃、時々小田せんべい店に立ち寄って芽衣姉ちゃんと出かけていた人たちだ。でも高校生になってから彼女たちが来ることはなくなった。

「ヒロキ君、久しぶりだねえ」

女子の一人が笑顔を向けて来た。コウキだよ、と腹の中で訂正しながら頭を下げる。

芽衣姉ちゃんは黙って、作り笑いを彼女たちに向けている。ガチガチに硬く節制された笑顔だ。せんべいの入った木箱がずらりと並んだその内側に座っていて、決して向こう側には立たない。木箱をまるで城壁のようにしている。

「芽衣、元気そうだね」

「もう一年たつから言えるけど、あの時は心配したんだよー」

「ショックだったよ。一緒にまた学校通えると思ってたから」

笑顔の芽衣姉ちゃんは、腿の上の手を固く握り締めている。青い血管が浮き出ていた。

「こっちはもう大学決めろって追い立てられて大変だよ。宿題も多いし。七時間授業に補習授業まであってさー。三津高校はどお?」

「……まあ、普通かな」

「楽そうでいいなあ」

「進学校じゃないもんね」

彼女たちの言葉が、弘毅を不快にさせる。一年前までは芽衣姉ちゃんの友だちだったのに、と批判的になる。悔しいようながっかりするような気持ちだ。

女子高校生たちの後ろには背が高い男子高校生が立っている。細身の黒いダウンジャケットが似合う。彼は終始穏やかな表情を崩さず、女子高校生から話を振られると頷いたり首を傾げたりする。見覚えはないが、彼女たちが話しかける内容から同じ中学校だったことは知れた。

彼は時折、芽衣姉ちゃんに視点をずらす。芽衣姉ちゃんもチラチラとその男子を見ている。でもタイミングがずれて、二人の視線が合うことはない。

元同級生たちは、この先のカフェで勉強するという。せんべいを前にカフェのスイーツの話を始めた。芽衣姉ちゃんの相槌《あいづち》は完全に乾《かわ》き切っている。砂漠の砂を三日ほど天日干しにし、乾燥機にかけて乾煎《からい》りしたくらい乾いている。

雰囲気がギスギスしていて、弘毅はその場から立ち去りたくなったが、芽衣姉ちゃんをここに一人置き去りにするわけにはいかない。だけど、芽衣姉ちゃんと同級生のやり取りを聞いていると、手が冷たくなってきて、背中が突っ張ってくる。なにか自分が罰を受けているような気がしてきて胃がキリキリと痛くなる始末。

犬を連れたお客さんが来た。弘毅は対応しようと出る。

同時にせんべいの耳を切っていた安江さんも耳切り機の前から腰を上げてこちらにやってきた。が、芽衣姉ちゃんがそれより早く接客した。にっこりと笑みを向け丁寧に応対する。

犬連れのお客さんがせんべいを選んでいるのを待つ間に、元同級生たちは立ち去った。

芽衣姉ちゃんは彼らの行き先へ視線を向けた。その時にはもう、元同級生らは直線道路を相当に遠ざかっていた。

見つめる芽衣姉ちゃんの眼差しには、憧れが混じっていた。

接客を終えると、芽衣姉ちゃんは淡々とした様子で奥へ引っ込んだ。

「なんだか嫌な感じの子たちでしたねえ」

安江さんが、は〜やれやれといった感じで吐き捨てた。

「大いに自慢しちゃって。まるで上の立場から芽衣ちゃんを見下《みくだ》してる感じがしました」

「希望の高校さ通えてるすけ嬉しいんだべ」

と、彼らの気持ちを推し量るなぎばあ。「じゃじゃ、焦げだ焦げだ」とせんべいをお徳用の木箱に入れていく。なぎばあも時々失敗をする。

「でも、芽衣ちゃんに対する配慮がないですよ」

安江さんも芽衣姉ちゃんが八戸市の高校へ行きたがっていたのは知っている。せんべいの耳を切りながら英単語の暗記につきあわされていて、「あたしも覚えちゃった。これでいつでもアメリカに行けるわ」と胸を張っていたから。

弘毅は頭上の部屋に耳をそばだてる。物音はしない。

おやつを食べたはずなのに、弘毅はものすごく腹が減っていた。

立ち上がろうとした弘毅を引き留めるかのように、安江さんが、

「芽衣ちゃんはあの男の子が好きだね」

とわけ知り顔をした。

好きとか、なんだよ、と弘毅はムッとする。芽衣姉ちゃんが誰かを好きなんて、むずがゆい。

背中がもぞもぞする。

「キモッ」

と呟くと、安江さんにニヤニヤされた。

「弘ちゃんにはまだ分かんないか。いずれそういう人ができるよ。楽しみだねえ」

「そんなわけないじゃん」

弘毅は震えて見せる。

「あらじゃあずーっと一人でいるつもりなの?」

「一人じゃないし。友だちがいるし」

「友だちと恋人は違うわよ。好きな子いないの？」

「いないよ」

「えー、嘘ー」

「もういいでしょ」

弘毅はその話題からそそくさと逃れた。


スポーツができる男子はモテる。

これは辞典にも載っている言葉だ、多分。

女子は、体育で活躍するお目当ての男子に、チョコレートをあげていた。

いくら鉄棒にぶら下がるのが得意でも、それはスポーツとはみなされないらしい。

「ただぶら下がるだけならチンパンジーでも洗濯物でもモテるだろ」

と、中村が言う。

「ちんこもぶら下がってるしな」

と、言って越後は腹を抱えて笑った。中村は生真面目に、それは大きさによる、と言う。

「えっつんは足速いじゃん。サッカークラブだし」

弘毅は言った。

「えっつんの場合、それを補って余りあるほど他が平均点に及んでないんだよ」

と、中村。だよなー、と、越後は頭の後ろで手を組んでそっくり返る。後ろに傾《かし》いだ椅子がひっくり返った。大きな音が響き渡る。教室が一瞬静まり返った。

「越後君、大丈夫？」

「もお。ケガしてねえか？」

潤が本から顔を上げて心配する。

弘毅は越後を引っぱり起こす。越後は、えへへと笑う。中村は椅子を立ててやった。

女子数名が徒党《ととう》を組んでこっちにやってくる。

「やべっ。うるせぇって怒鳴りに来たぞ」

弘毅は身構える。越後は頭をさすりながら「あちゃ〜、怒られちゃうなあ」とまんざらでもない顔をしている。中村は、「怒鳴るなら、静かに怒鳴ってほしいよ」と、うんざりしながらハイレベルな要求をした。

女子たちは弘毅には目もくれず、隣の席へ行った。

「潤君、これ」

潤には次々チョコレートが集まってくる。

隣の机が、金や赤のリボンやピンクのパッケージなどキラキラしたチョコレートで埋まっていくと、すっきりとした机が丸出しになっている弘毅はやさぐれてくる。

女子にお礼を言っている潤を横目に、つい弘毅は、ゴキブリホイホイみてぇだなとひがみを漏らすと、コバエホイホイってのもあるぞ、と越後が乗ってきて、そんなもんにたとえるなよ、と中村がたしなめる。

「潤はスポーツが特別得意でもないのにな」

弘毅は口を尖らせる。

「ちんこがでかいからな」

と、越後。

「えっつん、見たのかよ」

「小便する時に見た」

「見んな」

「いいだろ見るくらい」

「ちんこの話はもういい」

弘毅と越後のやり取りを、中村が打ち切る。

「弘毅、はいこれ」

杏里がスーパーの駄菓子コーナーで見たことがあるクランチチョコを勢いよく滑らせ、斉藤まなかが机にそっと置いた。まなかのは小さいながらも豪華なラッピングがしてある箱だった。

先だってのやり取りから、もらえると分かっていても、こうして実際にもらえると嬉しい。

顔がにやけてくる。

「お返し期待してるよ！」

「でも無理しなくていいからね」

二人は、潤、越後、中村にも渡して去っていった。

「へいへい弘毅、いくつもらった？」

正人とその友だちが聞いてきた。彼らは両手に紙袋や箱などを持っている。

「二個」

もらったばかりのそれを見せると、正人は鼻で笑った。

「オレなんかこんなにもらったんだぜ。あ〜あ、お返しが大変だよ」

「弘毅は楽でいいなあ！」

弘毅は「確かにそうだな」と同意する。正人がもらったのを見て、これにお返しするのはしんどいだろうと若干同情した。まして正人たちは作るのじゃなくて買うのだから、親からお金を出してもらわなきゃいけない。

弘毅の反応に、正人たちは拍子抜けした様子で離れていった。

「弘毅、バカにされたんだぞ」

中村が、むちむちした手でメガネを上げる。弘毅はキョトンとした。

「バカに？　いつ？」

「今だよ。マウント取られたんだよ」

マウントというのは、犬とか猿が、相手より位が上だとか力があるとかを示すために上に乗っかることらしい。それくらいは弘毅も知っていた。それじゃあ正人たちは犬とか猿と同じだってことか。待てよ。そういえば、店に来た芽衣姉ちゃんの同級生だった人たちも、芽衣姉ちゃんに自慢して芽衣姉ちゃんをバカにしてた。安江さんが「上の立場から見下してる」って言ってたから、あの人たちはマウントを取っていたってことになるのか。だったら犬とか猿とかと同じなんだ。弘毅は内心呆れた。


お返しかあ……。

弘毅は台所でミロを飲みながら、もらったチョコレートをつまんだ。

グレードアップしたお返しをしてやると啖呵《たんか》を切った手前、せんべいではダメなのだ。でも高いやつはおこづかいでは買えない。どうしたらいいんだろう。

あれこれ考えていたら、面倒くさくなってきた。

もうお返しなんてやらねえかな。白《しら》を切っとけばなんとかなるんじゃねえか？

つらつらと考えながら食べているうちに、気づけばもらったチョコレートを平らげていた。

「あーあ。食べちゃったしなあ……」

食卓テーブルに宿題を広げてゲームをしていると、足音が近づいてくるのに気づいた。母かと思って慌ててゲーム機を腹に隠して、鉛筆を握って宿題に取りかかろうとしたところ、入ってきたのは芽衣姉ちゃんだった。

鉛筆を放り出し、ゲーム機をテーブルの上に出す。

「おかえりっ」

「ただいま」

芽衣姉ちゃんはカバンの他、紙袋やいくつかのカラフルなビニール袋を提げている。一つの小さな紙袋は持ったまま、他のビニール袋をテーブルに載せた。

弘毅はゲーム機を押しやって身を乗り出す。

「チョコだっ」

「よく分かったね」

「知ってる包み紙だもん」

「やっぱそうだよね。どこで売ってるかもバレちゃうよね」

弘毅がチョコレートをじっと見つめていると、どれでも好きなのを食べていいと投げやりに勧めてきた。

「いいの!? やった!」

大興奮で一番大きな包みに手を伸ばしかけた時、ガラリとすりガラス戸が開いて「食べるのは夕飯のあと」と言いながら母が入ってきた。夕飯の準備のために店を切り上げてきたのだろう。

弘毅は手を引っ込める。視線はさっき目をつけたチョコレートに釘づけだ。目力でチョコレートを溶かす勢いで見つめる。

芽衣姉ちゃんは珍しく部屋に行かず、椅子に腰を下ろした。傍らに紙袋を置く。弘毅が首を伸ばして確認したところ、濃いピンク色と茶色が組み合わさった包み紙が垣間《かいま》見えた。銀色のリボンが光っている。こっちもチョコレートのようだが、パッケージは別格だ。

「このチョコたち、買ったの？」

「交換したもの」

「うちの女子たちもやってた」

自分がもらったことは黙っていた。いちいち言うことじゃないし、お返しのことに話が及べば、去年までさかのぼり、せんべいのお返しがダサいって言われたことまで明かす羽目になりそうな気がする。それは避けたい。

前に、ケーキとか焼肉とかのほうがいいって言われたが、弘毅だってそりゃそうだろと思う。中村が言うように、せんべいがケーキや焼肉並みに受け入れられていたら、日本中にもっともっと広まってるはずなんだ。でもそこまで広まってない。だけど、不思議なことに廃《すた》れてもいない。それはどういうことなんだろう。

「弘毅はもらったの？」

「……もらったけど」

黙っていようと決めた二秒後には、話が及んでいた。

「へえ！　あんたももらえるんだねえ」

「去年ももらったし」

「そうだっけ？　で、その時はお返しはなににしたの？」

弘毅は目を逸らす。

芽衣姉ちゃんは重たいため息をつく。

「あ〜あ、やっぱりね。お返ししてないんでしょ。心証悪いよ」

「お返しって、今年は三月一四日が日曜日だから、一五日よね。確定申告の期限日だわね」

母がカレンダーを見ながら、本人史上最も気にしているらしいことを差し挟《はさ》んでやれやれ、という顔をした。

その時期が近づくとてんやわんやとなる。家じゅうの引き出しや、クローゼットの服のポケットやカバンからレシートや領収書を探し、母は電卓を、なぎばあはそろばんを駆使して夜遅くまで首っ引きで計算をしている。金額が合わないとよっしーのせいになる。そしてそれは濡《ぬ》れ衣《ぎぬ》ではない。確定申告が終わったあとの部屋は、惨憺《さんたん》たるものだ。あらゆる家具の引き出しや、クローゼットは開けっ放しだわ、コートやジャケットのポケットの裏地ははみ出ているわ、カバンは床にひっくり返っているわ。その片づけには弘毅も駆り出され、一苦労なのだ。

「それも交換したやつ？」

弘毅が傍らの小さな紙袋を指すと、芽衣姉ちゃんは紙袋を見て束《つか》の間《ま》黙ったが、「違う」と否定した。

交換したものではないということは、買ってそのまま手元に取っておいたもの、ということだ。バレンタインデーの今日、ここにある。買ったのに余っちゃったんだろうか。いやそんなはずはない。たった一つだけ紙袋に入り、グレードが高い包装をされているのだから。絶対に渡すぞと気合を込めた証拠だから。

芽衣姉ちゃんがその紙袋をこちらに寄越した。

「これもあげる」

脇に置いていたから、それはもらえる選択肢から除外されているものと思っていた。気が変わったのだろうか。

「いいの？」

「うん」

弘毅は手を伸ばして取っ手をつかむ。取っ手は湿《しめ》っている。

紙袋から両手で箱を取り出す。大きさは、学校からもらうプリントを四つに折り畳んだくらいで、深さは辞典の厚さくらい。ピンクと茶色の包装紙と銀色のリボンのそれは、やっぱり他のどれより立派な包装をしている。特別なものだ。

芽衣姉ちゃんが弘毅の手の中の箱をじっと見ている。

「……やっぱりいらない」

弘毅は押し返した。

「なんで？」

「あとから返せって言われるかもしれないから」

「そんなわけないでしょ」

「いや、いい。いらない。でもこっちはもらう」

最初に選んだ大きな箱を抱き締める。

雑な足音を立ててよっしーが台所にやってきた。

「おうおう、なんじゃその宝箱みてぇなものは」

丸いどんぐり眼《まなこ》は一番豪勢な箱を射貫《いぬ》いている。

芽衣姉ちゃんは急いで箱を紙袋に収めた。

「なんでもない。おじいちゃんほら、この中からどれでも好きなチョコレート選んで」

と、テーブルの上に広げたチョコレートをまとめてよっしーのほうへ押し出した。

よっしーはでっかいことはいいことだと言わんばかりに大きなものを素早くつかむ。

弘毅は「欲張り」と非難し、芽衣姉ちゃんが「あんたが言うな」と弘毅が抱いているチョコレートへ顎をしゃくった。

「お店にあるものなら、それがどこの店で、いくらくらいで売ってるって知れ渡ってるでしょ？　それを交換し合って大丈夫なの？」

母が分厚い肉を卵液に潜《くぐ》らせながら背中で尋ねる。

「大丈夫ってなにが？」

と、芽衣姉ちゃんが聞き返す。

「あの子はいくらくらい、この子はいくらくらいってバレちゃうわけでしょ」

だよな、と弘毅は大きく頷く。それが面倒くさいんだよな。

よっしーが包装紙を破くビリビリという荒々しい音が会話に被さる。そんなふうに開けられたら機嫌を損《そこ》ねるんじゃないかと盗み見れば、姉はよっしーの方を見ていない。

「バレるより友チョコあげないほうが、大丈夫じゃないことになるから。正直、バカみたいだけどしょうがないんだよ。あ～あその分のお金、洋服に使いたかった」

と、げんなりした様子。

またまた弘毅はうんうん頷く。投げ出したくなっていたお返しだけど、そうもいかないのである。

よっしーは箱から大きなハート形の板チョコを取り出すと、かぶりついた。

「あ、よっしーってば、飯の前に食うなんてずるい！」

弘毅が抗議すると、よっしーはもぐもぐと口を動かしながら、

「だったらおめえも食えばいいじゃねえか」

とこともなげに言う。

「母ちゃんにダメだって言われてるもん」

「へっ。だからおめえはバカだっつーんだ。従うも従わねえもおめえの自由だろ」

口をパンパンに膨らませてもっつもっつと口を動かし、鼻水を手のつけ根で拭う。

弘毅はすかさず獲得したチョコレートの包装を破ろうと爪を立てた。

「弘毅、ご飯食べてからでしょ」

母は背中を向けたまま強い口調で牽制《けんせい》する。弘毅は反射的にチョコレートを置く。よっしーは眉を上げて勝ち誇ると、これみよがしにかぶりつく。弘毅はしこたまほぞを噛む。

芽衣姉ちゃんはチョコレートの山を見つめて小さくため息をついた。

あの日、元同級生たちと会ってから元気がない。母も察しているらしく、それは起床号令の

加減でも見て取れる。

「あいつらは猿だから気にすることないよ」

弘毅は姉に告げた。芽衣姉ちゃんはなんのこと？　と、気のない様子で聞き返すと、頬杖をついてスマホをいじり始めた。

「猿のことは気にしなくていいけどさ、オレ、お返しは渡さなきゃって思う。でもどこで買ったかとか値段とかがバレるのは良くないんだ」

「じゃあ作るしかないわね」

母があっけらかんと結論を出した。

「作る？　オレにできるかな」

「できるできる。もう、超簡単なんだから。買ってきたチョコレートを溶かして好きな型に流し入れて固めればいいだけだもの」

「母ちゃんが言うと本当に簡単に聞こえる。型ならせんべいの型があるもんね」

弘毅の思いつきに、芽衣姉ちゃんが鼻で笑う。

途端、室温が下がった気がした。そして空気がチョコレートのように固まった気がした。

「あの型にチョコを流し込んだら、あと始末が大変よ」

母が肉にパン粉をつけながら、そんな空気を打ち砕く。

「せんべいを砕いてチョコで丸くまとめるのもいいかもね。あ、ほらそういうせんべい売ってるじゃない」

八戸《はちのへ》市のメーカーが売り出して品切れ続出の大ヒット商品だ。

「真似して商品にしたら怒られるだろうけど、友だちにあげるために作るのなら別に問題ないでしょう」

「ダサッ」

芽衣姉ちゃんは言下に却下。

よっしーのこめかみに青筋が立った。弘毅の背中に鳥肌が立つほど、さらに室温が下がる。もはや冷蔵庫のほうがあったかいかもしれない。

焦った弘毅は、

「よっしー、これあげるよ！　芽衣姉ちゃんからもらったんだけど、オレはクラスの女子にもらってるし」

と、チョコレートをよっしーの険《けわ》しい顔の前に突き出した。

よっしーの眉間のしわが消える。

「おめえは、オレと一緒でモテるんだな」

と、チョコレートを受け取った。


目の前を犬のマークの卓上ソースが横切る。

キツネ色の衣がピンピンと立つ分厚いトンカツに回しかけるよっしー。なぎばあが「だぁだぁ。そったにかけねんだ。ビダビダだべな」と渋面《じゅうめん》をつくり、母が芽衣姉ちゃんに「もっと食べなほら」と、自分のトンカツを芽衣姉ちゃんの皿に移してやる。「あ、ずるい。芽衣姉ちゃんばっかり！」と弘毅が抗議する。芽衣姉ちゃんは「いらない。ダイエット中だもん」と戻そうとしたところで、すかさずよっしーがかっさらった。弘毅が箸でよっしーのしなびた手の甲を叩くと、よっしーは「箸で叩くな行儀が悪ぃ、とんでもねえくそ坊主だ」と口を尖らせて手の甲をさする。「どっちがだい」と呆れるなぎばあ。

父は肉厚の鯖《さば》が入ったせんべい汁を啜りながら、「子どもたちはこういう行事を通して、『友だちづきあい』とか『お返し』とかいう作法を覚えていくんだねえ」と、しみじみ言う。食卓の隅に置いたチョコレートを見やる。芽衣姉ちゃんからのそれを、友チョコのおすそ分けとは知らずに喜んでいる。

「呑気に言ってるけど、あなただって会社の子たちからもらってくるじゃない」

母がからかう。

「あ、そうだね。ええと、お返しはどうしてたっけ」

「町内のお菓子屋さんのを持たせてるでしょ。あなたの勤め先が八戸でよかったわ」

いつもお手数をおかけしてます、と父が、セットが崩れたもじゃもじゃ頭を下げる。

芽衣姉ちゃんは箸と茶碗を持ったまま食卓の一点を見つめてぼんやり口を動かしている。

「ＹＥＬＬチョコは甘さがちょうどよくて、んめかった」

珍しくよっしーが褒めるも、そのとんがった口から発せられては、褒めが半減される。

「んだな。大きかったっきゃ。だども薄かったじゃ」

「んだ。板金屋がぶっ叩いて熨《の》したかってくらい薄かったな」

「そこまで薄かないよ」

「おじいちゃんはバレンタインデーにチョコレートもらったの？」

ぼんやりしていた芽衣姉ちゃんが突如尋ねる。

よっしーがさらに口を尖らせる。よっしーの口は、大抵において文句を言いたくてうずうずしているように弘毅には見える。

「当時はそったただ行事なんか知らねがったじゃ。大体よぉ、あんなもんは店の差し金だ。儲《もう》かる誰かがいるすけ流行《はや》りが生まれるんだ」

せっかく褒めたのに、それを自ら台無しにしたことで、食卓に家族全員のため息が広がる。

よっしーはそんなこと当然お構いなしに喋る。

「童《わらし》の頃は親から買ってもらったんだ。兄弟で一枚を分けたもんだ。自分で買えるようになって、チョコを一枚まるごと食えたのが嬉しかった」

「ふうん」

「同じ教室にたばこ農家がいてよぉ、金持ちだったんだ」

「それって若葉さん？」

ぼんやり中のはずの、芽衣姉ちゃんが聞く。

なぎばあが大きな音を立ててせんべい汁を啜った。

よっしーの返事はふん、という鼻息のみ。否定はしない。

弘毅の頭の中に、目尻のほくろを潰して笑う若葉さんが浮かんだ。

よっしーが続ける。

「そいつが一欠け残したチョコレートをくれたことがあった。ありがたがって食って、親父に話したら血相を変えて、殴られた」

「え、なんで」

「情けねえって。他人の食べ残しば食うんでねえって」

よっしーは、未《いま》だに殴られた箇所が痛むかのように頰を内側から舌で押した。

「殴られた時によ、これから先はチョコレートみてぇなお菓子のほうが売れて、家業のせんべいは廃《すた》れていくんじゃねえかと不安に思ったよ」

「よっしーでも不安があったの」

「おいくそ坊主、おめえ、オレをバカだと思ってるだろ」

「お義父さん、不安は解消できましたか？」

「そいつを考えねえように焼いて焼いて焼きまくったよ。焦げばっかり作ったおかげで腕が上がった。焼いているうちに、結局は自分たちには自分たちのやり方と売り方があるって思ったな。それしかオレには分かんねかった。だどもそれで十分だった」

弘毅は、口を尖らせてせんべい汁を啜る、背が丸まった小田せんべい店の店主を見つめた。

風呂から上がり、二階へ行きかけたところ、よっしーの作業場からせんべいの香りが漂ってくるのに気づいた。いつもは一抱えもある桶《おけ》にタワシをかけたり、窯にこびりついた餅を削ったりしているのだが。

「なにしてんの」

声をかけると、よっしーは肩越しに振り向いて、

「せんべいば焼いてら」

と、見たまんまを答えた。

弘毅は木箱を覗く。

「ピーナッツせんべいだね。余分に焼いてるの？　なんで？」

「別になんでもねえよ」

窯の上の缶珈琲を啜ると、「か」と弘毅に差し出してきた。受け取る。

母やなぎばあに見つかると、「夜に飲むな」とか「子どもに珈琲を飲ませるな」などと注意されるので、辺りを警戒してから飲む。

「旨いっ」

「んめか」

よっしーはにやりと笑ってまた窯に向き直る。

「おや、まだ焼いてらってか。仕事熱心だこと」

なぎばあがガラス戸から顔を出した。弘毅はむせて缶珈琲を素早く窯の上に戻す。なぎばあからは缶珈琲が見えないようで、そのことには触れないまま、嬉しそうに立ち去った。

よっしーが焼いているのをじっと見ていると、一定の安定した動作に、心が安らいでくる。

型から五枚のせんべいを取り出し、あー痛ぇ、と腰を叩いて窯の前から離れた。土間に下りて、ガラス戸を閉める。

階段のほうから軋む音が聞こえてくると、弘毅は窯の前に立った。茶簞笥の引き出しからタオルを取って頭と首に巻く。

手を消毒すると、ひと口大の餅を取った。型に置き、はさんで手回し車を回し、せんべいを回収する。何回やっても焦げるか生焼け。時間を計ってみる。四分だと生焼け。八分だと焦げる。ただし、右端は少し早目。どんどん焼いてちょうどいい時間を探っていく。

餅のトレイに手を伸ばす。手が宙をかく。見れば餅がなくなっていた。すっかり焼いてしまったのだ。最初のほうの焼き上がりは惨憺たるものだが、焼き上がる時間は完ぺきに判明した。六分だ。

そういえばよっしー遅いな、と辺りを見回すと、窯の角に丸く膨れた手拭いが見えた。

弘毅はびくりとする。視線を下げると、窯の陰に顔を半分覗かせた目つきの悪い老人が潜んでいた。

「よよよよっしー！　貧乏神かと思った！」

「んなわけあるか」

「ごめん疫病神のほうだった。いつの間に」

「焦げたせんべいが箱に放り込まれたところからだ」

「ほとんど全部見てたな」

よっしーは箱を覗き込み、せんべいを取り上げる。

「上手くいったのもあるじゃねえか」

「うん、六分だ」

「焼き時間か？」

「うん」

「今日はな」

「へ？」

「明日になりゃ部屋の温度も湿度も違ってくる。そうなりゃ時間も変わってくる」

「え〜なんだよせっかく割り出したのに」

よっしーはにやりとした。

「おもしれぇだろ。毎日違うんだ。もっと言や、五分だの六分だのと決まり切った数字でもねえ。せんべいを見て、せんべいの具合に合わせるんだ。ま、やってるうちにつかめてくるさ」

そう言って、心の底から愉快そうに笑った。


弘毅は夜中、喉が渇《かわ》いて目を覚ました。せんべい汁を食べすぎたのか甘い缶珈琲を飲んだからなのか――カフェなんとかのせいなのか。

半分寝ぼけて一階に下りていくと、甘い匂いを嗅ぎ取った。

台所から弱い明かりが漏れていて、かすかな物音がしてくる。

誘われるようにガラス戸を覗くと、流しの上の小さな蛍光灯だけをつけてガスコンロに向かう芽衣姉ちゃんの華奢《きゃしゃ》な背中が見えた。片手鍋の中身をかき混ぜているようだ。

手前のテーブルの上には、マヨネーズや卓上醤油などに紛れて広げられたピンクと茶色の包装紙と、解《ほど》けた銀色のリボンがあった。ピーナッツせんべいを盛ったカゴもある。

芽衣姉ちゃんはあの特別なチョコレートを溶かしているのだ。

こっちを振り向いた。ぎくりとして弘毅は壁に身を隠す。息の音も聞かれないよう口を両手で押さえて壁にひっついてじっとしていると、再び物音が聞こえ始めた。

壁の陰からそろそろと身を乗り出して窓に張りつく。

調理台に向かう芽衣姉ちゃんの手元がかろうじて見える。密閉袋に南部せんべいを割り入れているようだ。袋ごと布巾《ふきん》で包むと麺棒でガツンガツン叩き始めた。

いくら布巾で包んでいるといっても、家じゅうが寝静まった夜中に棒を振り下ろす音だから相当でかい。芽衣姉ちゃんは家族に知られたくないんだろう、だから夜中にこっそりチョコを作ってるはずなのに。

くそっなにやってんだよ、みんな起きてきちゃうだろ。

弘毅は手を合わせて額に押しつけ、どうかみんなが起きてきませんようにと懸命に祈る。

ガツンガツンが終わると、次にそれを丼にざーっと空けた。溶かしたチョコレートを流し込み、スプーンで丸めバットに並べていく。その上にココアの粉をサラサラと振りかけた。

シンクに盛り上がった丼や麺棒やスプーンなどを洗って、そこいらをすっかりきれいにする。

そろそろ料理が終わる。弘毅は急いでその場を離れて洗面所に隠れた。

台所のガラス戸がカラカラと控え目な音を立ててレールを滑る。今度は慎《つつ》ましやかな音だ。

階段を一段一段慎重にのぼっていく。二階のドアがキィと開き、パタンと閉まる。

弘毅は、なにかとてもいい出来ごとに遭遇したような気分になっていた。

洗面所から出て台所に戻る。

温かい。甘い香りが残っている。

作ったものを見たくて冷蔵庫を開けると、クランチチョコレートを並べたはずのバットはどこにもない。

きっと芽衣姉ちゃんが二階へ持っていったのだろう。外の気温はマイナス六度くらいまで下がるから、部屋の中とは言え窓際に置いておけばそこそこ冷える。

祈り倒したおかげで、誰も起きてこなかった。


バレンタインデーが二日過ぎた夕方。

弘毅と潤がぶら下がり棒にぶら下がっていると、母の「あら、芽衣の同級生さん。いらっしゃい」という声が店から聞こえた。

あのゴリラ、じゃなくて、猿連中がまた来たのか。睨んでやんなくちゃ、と使命感に燃えて弘毅は飛び下り、通り土間を店へと向かう。潤もついてくる。

「芽衣ー。同級生さんが来てるよー」

母が天井を仰いで呼んだ。

これじゃあ、居留守は使えまい。

二人は土間のガラス戸から店を覗く。

弘毅の警戒心がパチンと弾《はじ》けた。

掃き出し窓の前に立っていたのは、ダウンジャケットの男子高校生一人きりだ。芽衣姉ちゃんとなかなか目が合わなかった男子だ。

階段を足音が下りてくる。うんざりしているのが伝わる足音だ。

店に上がった芽衣姉ちゃんは、ぱたりと動きを止め、それはそれは真っ赤になった。

男子高校生が芽衣姉ちゃんに、ピーナッツせんべいを二袋下さい、と頼む。

芽衣姉ちゃんは、はいと返事をしたものの、声は硬いし掠《かす》れているし、せんべいの袋を二回取り落とすし。異様なぎこちなさを披露する。見ている弘毅は若干おもしろいが、その何倍もハラハラする。

お姉さん、様子が変じゃない？　具合でも悪いのかな、と潤が小声で心配するので、弘毅は、安江さんが言うには芽衣姉ちゃんはこの男が好きらしいんだ、と声を潜めた。そう口にすると、背中と腰から力が抜けそうになる。「うへえ」と顔をしかめた。

姉はチラチラと天井に目を向けている。

「上になにかあるのかな」

潤が見上げる。弘毅も天井に視線を向ける。

二階は芽衣姉ちゃんの部屋だ。多分、昨日作ったチョコレートを気にしてるんだ。てことは、アレか。この男子に渡すためのものだったってこと？　きっとそうだ。

この人に渡そうとして渡せずにオレにくれようとした高級チョコレート。それを溶かして、新たに南部せんべいで作り直した。

芽衣姉ちゃんはリベンジする気だったんだ。

早く取ってきなよ。

弘毅は焦ってきた。せっかく作ったのに渡せないまま、また終わるんじゃないだろうな。

「芽衣姉ちゃん、ここ、オレが代わってもいいよ」

だから早く取ってきなよ、と目で促す。

しかし、芽衣姉ちゃんはいつもの冷静沈着っぷりも適切な判断力もかなぐり捨てました、と言わんばかりの様子で、

「イヤ、イイ。大丈夫」

と、片言の早口でまくしたて、まったく弘毅の意図を理解してくれない。

男子高校生はせんべいを買ったあと、立ち去るわけでもなくかといって話をするわけでもなく、弘毅からすると意味もなくその場に佇《たたず》んでいる。

ふいに、小さな声で名前を呼ばれた。振り返るとせんべいを焼いている母と目が合う。

母が階段のほうへ顎をしゃくる。

行け、という意味だということくらいは見当がついた。

弘毅は踵《きびす》を返した。家の奥へ走る。土間の出口から裏庭のかまくらが見えた。

その手前の階段を駆け上がると、芽衣姉ちゃんの部屋に突入する。大量の服がパイプハンガーに下がっている。服をかき分けて奥へ行くと、窓辺の日が当たらないところにひっそりと置いてある茶色い紙袋を見つけた。探さずとも目につくところにあって助かる。それをつかんで、部屋を飛び出して店に駆け戻った。

芽衣姉ちゃんは他のお客さんの質問に笑顔でこまやかに答えており、男子高校生は帰ろうとしているところだった。

「待ってください」

潤が男子高校生に声をかけた。

弘毅はギョッとした。まさか潤が呼び止めるとは思ってもみなかった。冷や汗が出る。

男子高校生が肩越しに振り向いた。

潤が弘毅を振り向く。それで？　どうするの？　と目で聞いている。

ど、どうしよう。

弘毅は手に持ったチョコレートを見下ろす。

芽衣姉ちゃんはまだ接客中。ということは――。

嘘、これオレが渡す感じになってんの？　いやいやいやいや。

弘毅は、チョコレートと芽衣姉ちゃんを交互に見て、ええとその、と口ごもりながら急いで頭を回転させる。

「かまくら！」

弘毅の頭の中にはさっき目についたかまくらが残っていた。

いきなり面と向かってかまくら、などと怒鳴られた男子高校生は、瞬《まばた》きをした。

お客さんを見送った芽衣姉ちゃんが立ち上がり、木箱を迂回《うかい》して、掃き出し窓の端に立った。

「あ、うち、かまくらあるの。弟たちが作って」

掠れた声で告げる。男子高校生は、顔を明るくした。

「そうなの？　珍しいね。どこにあるの？」

「裏庭に……」

男子高校生が土間の奥へ目を向けた。

弘毅は思い切って言った。

「見ていきませんか。滑り台つきです」

「結構大きいんですよ」

と、潤が続ける。

「いいの？」

男子高校生が目を輝かせる。

あ、母ちゃんにこの兄ちゃんを家の中に入れていいのかどうか聞いてなかった。

弘毅は母を窺《うかが》う。

母は大福のような頬をふっくらと緩めて「どうぞー、靴をはいたまま入っていいよ」と手のひらを奥へ向けた。

「芽衣姉ちゃん、これ」

弘毅は紙袋を芽衣姉ちゃんに差し出す。

芽衣姉ちゃんは目を丸くする。

「店の手伝いはオレがやるから」

そう申し出て半ば強引に芽衣姉ちゃんと接客を代わる。

芽衣姉ちゃんが戸惑いの顔を店内に振り向ける。

安江さんがにっこにこで、胸の前に両手の拳を作る。

母が顎をしゃくった。

行け。

芽衣姉ちゃんは男子高校生を案内して裏庭へ向かった。

五秒待って、弘毅、潤、母、安江さんがガラス戸から縦に顔を覗かせて土間の奥を見た。すると、よっしーの作業場からも手拭いで包んだ頭が突き出た。

手拭いがこっちを振り向く。

「おいおい、でかい男が芽衣と一緒に裏庭さ行ったぞ」

よっしーが言い立てる。

作業場からなぎばあも顔を出してそちらを見た。

「おやおや。ほんに」

「いいわねえ。素敵。かまくらも溶けちゃうくらいの熱々カップル誕生ですね」

安江さんがうっとりと目を細める。

「なんだって!? 溶けるだって？　おい弘毅。オレたちのかまくらが溶けるずよ」

よっしーが息巻いて裏庭へ突入しようとするのを、なぎばあと安江さんが阻止する。

「野暮《やぼ》なことはおやめ」

「そうですよ、義男さん。見守りましょう見守りましょう」

「え、かまくら溶けるの」

弘毅はにわかに動揺した。

冗談じゃない。潤とよっしーとで力を合わせて作ったかまくらだ。

乗り込もうとした弘毅の襟首《えりくび》を母ががっちりつかんだ。

「たとえよたとえ。ほんとに溶けるわけないの」

「じいさん、なにもあんたが焦んなくたって春が来りゃ、雪も氷も溶けるだ！」

土間で押し合いへし合いしているのを尻目に、芽衣姉ちゃんと男子高校生はかまくらを携帯で撮り、中に入って南部せんべいのクランチチョコレートを食べ始めた。

翌朝、登校前に芽衣姉ちゃんがクランチチョコレートを弘毅にくれた。

「余ったやつ。お返しに学校へ持っていきな」

「いいの？」

「うん、この間作ったの」

芽衣姉ちゃんには、弘毅が見守っていたのが知られていないようだ。おもしろいが、それは顔に出さないように注意する。

「作ったの？　すごいね。大変だったんじゃない？」

「大したことないよ。どこにも売ってないから値段も知られないでしょ」

「ありがとう！」

「こちらこそ」

芽衣姉ちゃんがなんで「こちらこそ」と言ったのか分からなかったけど、それはどうでもいい。自分で作らずとも手に入ったし、買うために小遣いをねだらずにすんだのだからラッキーだ。

「三月一五日までもつかな」

「どうかなあ。保存料入ってないから傷むかも。さっさと渡したら？」

「早くない？」

「友チョコはその場で交換するよ。お返しみたいなもんじゃん」

「そうか」

「遅いよりいいって。持っていきな」

学校に持っていくと、もう持ってきたの？　と杏里は面食らった顔をした。それから、南部せんべいのクランチチョコレートに「へえ結構やるわね」と驚く。

まなかは「楽しみ。ありがとう」とにっこりした。そんなまなかを、ちょっとかわいいな、と弘毅は思ったけど、だからなんだと思い直してそれ以上は考えないようにした。

彼女たちの後ろで、もらえるのを順番待ちしていた越後に渡すと、禁止されてるのにその場で食べて「うまっ」と飛び跳ね、中村は「塩気がしつこさを消しててとてもチョコレートに合うね、いくらでもいけるよ」とふっくらした指についたチョコレートをなめた。潤は「家で食べる。楽しみだな」とランドセルに丁寧にしまった。

帰宅してから、せんべいを焼いている母に、お返しの件を話すと、

「あら、よかったねえ。なんだか、父ちゃんとのバレンタインデーを思い出しちゃった」

と宙に遠い目を据えたので、弘毅はギョッとして、思わずこの母を二度見した。

「あるの？　嘘でしょ」

「あるわよ」

母は焼けたせんべいを木箱に移しながら誇らしげに胸を反らせる。

「せんべいを卸させてもらってたスーパーでバイトをしていた父ちゃんに、チョコレートを渡したのよ。父ちゃんが学生の頃だね」

「素敵！」

安江さんが手を握り合わせる。

そういう話は苦手な弘毅は、部屋に逃げ込みたくて堪《たま》らないが、そうもいかない。なぎばあ

かよっしーが来てくれるのを期待してみても、二人は奥の作業場で仕事に没頭している。腹を決めて聞くしかない。

「父ちゃんはね、お返しにチョコレートをくれたの。そりゃもうあたしは舞い上がってねえ。嬉しくて嬉しくて、その夜は抱いて寝たわよ」

目が覚めたら溶けていたという。パジャマも布団もチョコでドロドロになったという。

弘毅と安江さんは大笑いした。

「わあ、きったねえ。もったいねえ！」

と弘毅。

「あら弘ちゃん。かわいらしいし、特別な思い出よー」

「それが小四の限界なのよ」

「でもあたし、弘ちゃんがずっとこのままだといいなーと思うことがありますよ」

「あたしもそう思うわー」

「ヤだ。とっととおとなになって、チョコを好きなだけ買うんだ」

弘毅は背伸びをする。

「あのね弘毅。おとなになったらそこまでチョコレートに執着しなくなってるだろうし、そんなに食べらんなくなってるわよ。舌と胃が変わるんだから」

「よっしーは食ってた」

「ああ、父さんは変わってるの。アレが一般的だと思っちゃダメ」

母はからかうような口調で言い聞かせ、安江さんが手を叩いて笑う。

「チョコレートを溶かしちゃったこと、義男さんには知られました？」

「ううん。知られたら激怒されてたわよ。きたねえしもったいねえって」

ですよねー、と二人の話は弾む。

安江さんが、やっぱりバレンタインデーっていいわねえ、とまた、うっとりした。

安江さんを見ていると弘毅は、あの夜、芽衣姉ちゃんが作っているのを見ていたら、なにかとてもいい出来ごとに出くわしたみたいな気分になったのを思い出した。

その安江さんの視線が弘毅の背後へ向けられる。

「あ、芽衣ちゃん、おかえりー」

「ただいまです。三人でなんの話？」

芽衣姉ちゃんが話に入ってきた。手に大きな紙袋を提げている。

「父ちゃんと母ちゃんの馴《な》れ初《そ》め」

母が胸を張る。胸より腹が出っ張る。

「え、全然興味ない」

つまんない子たちだね、と母が口を尖らす。そういう顔をすると、よっしーにそっくりだ。

弘毅は、芽衣姉ちゃんの持っている紙袋を覗いた。また服でも買ったのかと予想したが、外れた。

「本？」

「参考書を買ったの」

弘毅、母、安江さんが、芽衣姉ちゃんに注目する。

「芽衣姉ちゃん、具合悪いの？」

「お弁当、傷んでたのかしら」

「芽衣ちゃん、もしかしたらどこかで頭でも打ったんじゃ」

「三人ともひどくない？　決めたってことよ」

「なにを？」

母が眉を顰《ひそ》める。具合が悪いのか食あたりか頭を打ったかしたであろう娘が、なにを決めたのか心配している。

「行きたい大学へ行くって。高校受験を失敗したことはしょうがないけど、大学はリベンジだよ。絶対に希望のところへ入る。絶対にね」

芽衣姉ちゃんは膨らんだ紙袋を大事そうに抱え直すと、足音高く土間を進み、二階へ上がっていった。

弘毅たちは顔を見合わせる。

「……バレンタインってすごいね」

弘毅はそう呟き、母と安江さんは頷いたのだった。

数日後、元同級生たちがやってきた。

女子たちは、相変わらず愚痴《ぐち》に見せかけた自慢をしている。

芽衣姉ちゃんは吹っ切れた清々しさで応対していた。

要するに、「へー」と「そうなんだー」を交互に繰り返すだけだ。

あの男子が後ろから芽衣姉ちゃんを見ている。芽衣姉ちゃんは女子たちの頭越しに男子と目を合わせた。

――ケーキとか焼肉とかのほうがいいって言われたけど、芽衣姉ちゃんを見ていたら、せんべいだって捨てたもんじゃないと思えてくる。

ずっと続いてきた食い物には、なんかあるんだ。

弘毅は窯の横で、お徳用の箱のせんべいを取った。

かじる。パリッと乾いた音がする。

春が近いと、せんべいは軽く割れる。

焼き立ては食感がシャクシャクしている。

小麦の香りが鼻に抜ける。その香りに、掃き出し窓から吹き込んできた雪の残り香と土埃の匂いが混じった。

嬉しい匂いだ。

三章　飴と耳と、手紙

　屋根からは雪溶け水がしたたり落ち、軒下《のきした》の砂利《じゃり》を洗っていた。

　いい天気が続き、かまくらは潰れた。ベンチのように平らな置き石が露《あらわ》になっている。よっしーがサンダルのつま足で、溶け残った端っこをいじましくつついていた。

　芽衣姉ちゃんは、たびたび迎えに来る工藤《くどう》渉《わたる》君と図書館へ行くようになった。

　弘毅が潤とともに帰ってくると、家の前に白いセダンが止まっていた。仙台ナンバーだ。

　お客さんはおじいさんが一人だけ。その車の持ち主だろう。白いハイネックセーターにベージュのジャケットを羽織って、フェルトの帽子を被っている。

　母が接客をしている。

　今日は安江さんがお休みだったらしく、なぎばあが耳切りをし、奥ではよっしーが焼いている。平日だとそこまで混むことはないし、お客さんものんびりと待ってくれるので、そのやり方でも十分なのだ。

　中に入るついでに弘毅はにこりとして、こんにちはいらっしゃいませ、と頭を下げた。

　潤も弘毅を真似て挨拶する。歯医者の患者にはいらっしゃいませ、と言わないから物珍しさを楽しんでいるらしい。変なやつ、と弘毅は潤をおもしろがっている。

おじいさんはこちらに顔を向けて、微笑む。

「はいこんにちは」

イントネーションが違う。

おやつは仏間よ。水飴を用意してるから飴せんにして食べなさい、と母が弘毅に告げる。

「やった！」

せんべいをそのまま食べるのは飽きたけど、飴せんになると嬉しい。

背後で、飴せんってなんですかと母に尋ねるおじいさんの声がする。

「せんべいに水飴をはさんだものですよ」

母が答えるのを聞いた潤が、振り返って、へえと感心する。

「おしゃれだね」

「おしゃれかどうかは知らないけど、たまに食べてる」

「ぼく、この三津町で生まれてずっとこの町に住んでるのに知らなかった」

町内に住んでいるからといって、飴せんをみんなが知っているとは限らない。家に年寄りがいる子は知っているが、いない子はだいたい知らない。

「ぼく、水飴って食べたことないよ」

「うちでもたまにだ。オレたちが食べる水飴が手に入るのは、通販で使えるポイントの期限が迫っている時なんだ。母ちゃんが注文してくれる。あとは、父ちゃんが弘前《ひろさき》市とか青森市に出張した時のお土産だな」

こたつの上のジッパーつき袋に、せんべいがどっさり入っており、傍らには丸くて平たい赤色のブリキ缶が置いてある。箸立てにスプーンが挿さっていた。

それを横目に弘毅は、「先に飲み物を準備しよう」と奥の台所へ行った。潤もついてくる。

弘毅は背伸びをして棚からミロの袋を取り出した。外装は緑色で、サッカーボールを蹴っている人が印刷されており、「麦芽の恵み」と書いてあるが読めない。

「バクガのメグミ」

潤が読み上げた。

「バカのネズミ?」

「バクガ、の、メグミ」

潤がゆっくりと伝える。

弘毅は袋を開けて、粉をふたつのマグカップに振り出して牛乳を注ぎ、レンジに入れた。熱すぎると持てないので、適度にぬるい状態で加熱を終わらせる。

スプーンでようくかき混ぜ、二人はそれぞれにカップを仏間へ運び、こたつに入った。丸い石油ストーブの上で大きなやかんがシュシュシュンと勢いよく湯気を上げている。

マグカップに口をつける。

「うめえ」

「おいしい」

ひと息ついたところで、弘毅はブリキ缶に手を伸ばした。

「これに水飴が入ってるんだ」

弘毅は恭《うやうや》しく缶を開けた。琥珀《こはく》色が詰まっている。細かな気泡が光を受けてキラキラと輝く。夕日が溶けているみたいだ。

「わあ」

潤が小さく歓声を上げる。それだけで弘毅は得意な気分になった。

ジッパーつき袋からせんべいを一枚取り出してスプーンで水飴をすくう。ねっとりしていて硬い。せんべいに塗る、というより、載せると言ったほうが正確な硬さだ。たっぷり載せて、もう一枚のせんべいを合わせる。

弘毅の作業を潤は真剣な眼差しで見つめていた。潤に、

「耳つきのせんべいがいいか？」

と、聞くと、潤は店に顔を向けた。開け放たれている襖の向こうにはお客さんが集まってきており、忙しそうだ。潤は少しためらう様子を見せる。

「遠慮すんな。旨いものは、好きなように食ったほうがもっと旨いんだから」

取ってこようと立ち上がった。

「弘毅ー、ちょっと飴せん、一つ持ってきてー」

母が鬼のようなことを要求してきた。

店へ拒否の眼差しを向けて、弘毅は後悔した。おじいさんとバッチリ目が合ってしまったから。

おじいさんがにっこりとする。柔和な目だ。その目に見つめられては、渡さないわけにいかない。

「紳士的なカツアゲだ」

弘毅は呟いて、渋々持っていく。

「どうぞ」

おじいさんに差し出す。断ってくれないかな。小学生から食べものをもらうわけにはいきません、とか。紳士ならそういうふうに遠慮しそうだ。

「どうもありがとう」

おじいさんの手に渡ってしまった。紳士ではなかった。おじいさんは弘毅の抗議に満ちた凝視をものともせず、かじった。

サクッ。んむちっ。おじいさんの長くて白い眉毛が引き上がった。

「おおっ。これはおいしいですね。せんべいの軽いサクサク感と水飴のねっとり感が上手く合っています。なんだろう、水飴の甘さが強いから塩味が上品になりますね」

「そうなんですよ。他にもチーズを載っけてピザ風にしたり、赤飯をはさんだり、南部せんべいにはいろいろな食べ方があるので楽しめますよ」

母が淀《よど》みなく売り込む。それじゃあ、これとこれとあとこれも、と紳士じゃないおじいさんがせんべいを大量に買ってくれた。

母は上機嫌で、紳士じゃないおじいさんを見送る。

「弘毅、もういいよありがとう」と言われて、弘毅は仏間に戻りかけ、足を止め、窯の横の木箱から耳つきのせんべいを二枚、さらった。

仏間に戻り、せんべいに手をつけずに待っていた潤に、

「ほれ」

と、二枚を渡す。

「持ってきてくれたんだ。ありがとう！」

嬉しそうに受け取った潤は、弘毅がやっていた通りに水飴を載せ、せんべいではさんだ。

二人ともが手を汚さないようせんべいの端に軽く指を添える。

顔を上向けて水飴がはみ出てくるところにいざかぶりつこうとした時、二人の指からせんべいがすとん、と抜け落ちた。

「あ」

「あ」

落ちたせんべいを見下ろす二人。

はみ出た水飴が、こたつがけにべったり張りつく。

お互い顔を見合わせる。弘毅は口の前に人差し指を立て、店のほうへ視線を振った。

大きな声を出すと母もなぎばあもよっしーもやってきてしまう。これはひそかに処理しなければならない。

せんべいを拾い上げた。水飴にこたつがけの繊維や埃がくっついている。潤はその部分を折

り取る。水飴がもったりとこたつがけに落ちた。

「小田君、どうしようか」

潤が弱り切った顔をする。

弘毅も内心「最悪」「終わった」と絶望でいっぱいだったが、潤の弱り切った顔を見たら、逆に気持ちが立ち直ってきた。

「大丈夫だ」

弘毅は立ち上がると、そこいらを探してウェットティッシュを見つけ出した。

力任せにゴシゴシとこするも、ウェットティッシュはもろもろになり、水飴は布の目に揉《も》み込まれるばかり。フーフーと息を吹きかけて乾燥を試みたが、ベタベタはびくともしない。おまけに手もベタベタだ。拭《ぬぐ》っても取れない。おいしいものを食べる時は、余計な仕事がついて回る。

――腹が減った。

弘毅は手を止めた。

「水飴を拭き取るより先に腹を満たさなきゃ。腹が減っては戦はできぬってセリフは、なぎばあが見ている時代劇でよく聞こえてくるんだ。とりあえず、無事だったところを食うべ」

「うん、いただきます」

二人はかぶりついた。

ザクザクとした歯ごたえと薄い塩味のせんべいと、素朴な甘さでにっちりねっとりした水飴は、紳士じゃないおじいさんが言うまでもなく、味も食感もよく合う。

「ポイントの期限様々だね」

潤が顔をほころばせる。

「ああ。いつも期限が迫ってるといいよ」

かじりながら、武士は食わねど高楊枝《たかようじ》という言葉も思い出したが、自分は武士じゃなくて小学四年生なので、今は忘れることにした。

「そういえば、親子レクだけど、小田君ちは誰が来るの？」

「分かんない。でも誰かは来るんじゃないか。潤とこは？」

「どうかなあ。うち土曜日も診療してるから」


夕飯のあと、隣の居間でくつろいでいる母に、弘毅は学校からのお知らせを見せた。母は配布日を見て「あ〜あ、あんたこれ一週間も前に出されたプリントじゃないの」と、アコーディオン状になったそれを丁寧に伸ばす。

「ふ〜ん、親子レクレーションか」

母は、プリントから壁に貼っているガス屋のカレンダーに目を移す。二〇二一年二月の最後の土曜日のところには「税理士事務所」と書かれてあった。毎年、てんやわんやになるやつだ。このシーズンだけ、税理士は土曜日も対応してくれると言っていた。

「行けないよね」

弘毅はがっかりしているのを悟られないように平静を装う。

「早まらないの。父ちゃんが行けるかもしれないよ」

「仕事は？」

「勤め人には有休っていうシステムがついて回るのよ。普通の休みの日以外も休める特典なの」

「へえ、いいなあ。学校にもそのシステムがあればいいのに」

玄関戸が開く音がした。

ただいまー、という父の声と足音が近づいてきて、居間のガラス戸が開いた。

「有休が帰ってきた。おかえり」

「おかえり、有休！」

「なに？　有休って」

「あとで話す」

靴を脱いで上がってきた父が、カバンを椅子に置き、中からお弁当のハンカチ包みを出して母へ渡す。

「ごちそうさまでした。おいしかったです。明日もよろしくお願いします」

「任せなさい」

受け取った母ちゃんは隣の台所へ入っていく。

「あたしたち先にご飯食べちゃったよ」

ラップをした皿を手にレンジの扉を開ける。

「こっちは気にしないで。食べてきたから」

父ははつらつとした顔で上着を脱ぎ、椅子の背もたれにかける。

唐揚を盛ったお皿をレンジに入れようとしていた母は、手を止めた。

「そうなの？」

「後輩たちと飲んできたから」

「ああ、そうなの」

母は手に持った唐揚を見下ろす。気まずい空気が流れる。父が頭をかく。

弘毅は二人を交互に見ると、シャキッと手を上げた。

「じゃあオレが食べてもいいよね。母ちゃんの唐揚旨いもん」

父はホッとしたように笑みを浮かべる。

「しょうがないなあ」

母はまんざらでもない様子でレンジに入れた。

「芽衣姉ちゃんの分は取っといてね」

と、弘毅は念を押す。

「それはご親切にどうもご配慮いただきまして」

と、母が品を作るように芝居じみたお辞儀をし、しみじみと弘毅を眺めて、ほんとに同じがいいのねぇ、と言った。

唐揚が温まる間に、弘毅はお知らせを父の前に滑らせ、

「これなんだけどさ」

と、親子レクレーションのことを打診しようとしたところ、父の携帯電話の音が鳴り響いた。

父は弘毅を手で制して、スーツの上着のポケットを探りながら土間に出る。きっちり戸を閉めた。すりガラスの向こうで身を屈《かが》めるようにしてお疲れ様です、と挨拶しているのが聞こえてくる。

その背中を見ると、弘毅はつまらない気分になった。

「お待たせ」

弘毅の前に熱々の唐揚が置かれた。透明な脂《あぶら》がジュクジュクと染み出ている。そこに黄色いチーズソースをたっぷり回しかけてもらった。唐揚の匂いとチーズの匂いが食欲をかき立てる。トマトとレタスとリンゴのサラダも添えられた。

「あれ、父ちゃんは？」

「電話が来て今、向こう」

弘毅はすりガラス戸にぼやけて映る父の丸まった背中を見つめながら、差し出された箸を握る。

熱いから気をつけて、と母の注意に頷いてかぶりついた。

「あっつ」

熱すぎ。

「気をつけてってば」

母がくれた水を口に含む。父の電話は終わらない。

食べているうちに唐揚は少しずつ冷めてきた。もう吹いて冷まさなくてもいい。父はまだ電話中。サラダも食べる。トマトもレタスも好きじゃないけど、食べる。

ようやく居間に入ってきた父は、

「少し仕事してからお風呂入るよ」

と母に告げて、カバンと上着を手に出ていった。

父は結局、椅子に座ることさえなかった。

弘毅は目の前の空席と、読まれる者のないお知らせを睨み、口を尖らせて押し黙る。

「母ちゃんが、あとで伝えとくから」

母が取りなしたが、つまらない気持ちは消えない。冷めた唐揚は全然おいしくなかったし、サラダは青臭くてひときわ苦かった。


翌朝の食卓に、父の姿はなかった。

「父ちゃんは？」

「もう会社に行ったよ」

と、母。

時計を見上げると七時を少し過ぎたばかりだ。

「もう行ったの？　いつもは七時半頃だったじゃん」

「仕事が詰まってるみたい。出世すると仕事量も増えるし責任も出てくるからね」

「父ちゃん、出世したの？」

「そうよ。言ってなかったっけ」

聞いてたとしても、自分には関係ないと思って流していたかもしれない。

最近の父はシャキッと背筋を伸ばしているし、ハキハキと喋り、その声には張りがある。生き生きとしてきた。堂々としてきた。

出世っていうのはすごいな、と弘毅は感心した。だけどやっぱりどこか不満だ。

「出世したんならお給料が上がったんでしょ。お小遣い上げてよ」

芽衣姉ちゃんは抜け目なく要求する。

「それとこれとは話が別」

「世知辛《せちがら》いなあ」

「で、聞いた？」

弘毅は話を引き戻す。

「なにを？」

芽衣姉ちゃんが尋ねる。

「親子レクに父ちゃんが来られるかどうかってことよ。一応、行く方向で考えるって言ってた」

母が歯切れ悪く答える。弘毅は座ったまま踵《かかと》を床に打ちつける。

「一応ってなに。方向で考えるってなに。来るの？　来ないの？　どっち？」

「仕事次第ってところ。そうならないことを祈るしかないわね」

なんだよそれ〜、と弘毅はむくれ、箸で皿を叩く。

芽衣姉ちゃんが、得体の知れない生き物を見るような目を弘毅に向けた。

「あんた、親に来てほしいの？」

「え？」

芽衣姉ちゃんは来てほしくなかったのだろうか。普通は、来てほしくないと思うのか？

「……別に。来るか来ないかはっきりしてもらいたいだけ」

弘毅はそう弁解すると、目玉焼きをつまみ上げる。つるりと滑って皿に落ち、黄身が割れて広がる。

「うわ、最悪」

「ご飯をお皿に空けたらいいじゃない」

母の助言を受け入れてそうする。黄身と混ぜる。

「あたしは毎年嫌だったなあ。気恥ずかしいもん。用事で来られない家が羨ましかったよ」

芽衣姉ちゃんが鼻にしわを寄せる。

「毎年？」

「そう、毎年」

「前は秋ぐらいにやってたもんね」

と、母が言う。

「だから来れたわけ。母さんが来れなくても平社員の父さんは今ほど忙しくなかったからバッチリ来てさー」

芽衣姉ちゃんの嘆《なげ》きを聞きながら、弘毅は黄色いご飯に雑な手つきで醬油を回しかけた。ぐちゃぐちゃにかき混ぜる。


それ以降も、父に直接聞こうとしても、朝食や夕食の席にいないし、それどころか母の話だと、帰宅は深夜に及んでいるという。

ここ数日、父の姿を見ていない。

夕飯時、なぎばあは空席を見て、顔をしかめた。

「あんたの旦那は家族をほっぽり出しとっても、なんとも思わねみてだね」

母にチクリと告げる。

「仕事なんだからしょうがないでしょ。家を買う人が増えてるから、不動産業界は忙しいんだって。まあ、だから出世したんでしょ」

「ふん、どうせあたしは外で仕事したことがねよっだすけ分かんねども、家業だって立派な仕事だよ」

「そりゃそうだけど」

なぎばあが茶碗をゴッッとテーブルに置く。母が、味噌汁を啜る音が大きく響く。

「まさかせんべい店ば軽く見てンでねぇべな？」

「そんなことはないよ」

「どンだかねぃ。あの人ぁ手伝うってことがねえべな。じいさんとばあさんが汗水たらして窯を回してるってのさ人んちばっかり気にかけで、こっちゃ見向きもしね」

弘毅は発言者を目で追う。ご飯にも注意を払わなきゃいけないから忙しい。一方の芽衣姉ちゃんは、我関せずといったていでテキストをめくりながら黙々と箸を動かしている。

弘毅は助けを求めて、鍋の湯気越しによっしーを見た。

よっしーはいつも通り背中を丸めて口を尖らせ、テーブルの真ん中の鍋から馬肉だけをさらっている。

根菜類と豆腐を加えてぐつぐつと煮立てた馬肉鍋である。ニンニク味噌仕立てのところに一味唐辛子を振って食べれば、より一層おいしく、体も温まる。

弘毅は腰を上げてよっしーの箸を箸で押さえた。

よっしーが迷惑そうに視線を上げる。

弘毅は、母となぎばあのほうへ顎をしゃくった。

よっしーはそちらを見て箸を引き取る。しっかり大きな肉をつまんで。

それを口にねじ込むと、もっつもっつと顎を動かし、天井を仰いで骨の浮く喉を動かして呑み込んだ。それから威厳を保つように重々しく言った。

「肉が硬い」

「違うっ」

弘毅の反応は速い。

母となぎばあが、いさかいの尾を引いたままの険しい顔を向けてきた。

弘毅はまた、よっしーに顎をしゃくる。

よっしーが母となぎばあを振り向く。

二人のやり取りは再開していた。

「うちのことを気にしてないわけじゃないでしょうけど、昇格したばかりで業務も増えたんだし、慣れないことも多くて手間取るのよ。仕事とうちのことと両方こなすのは、もう少し先でいいでしょ」

「佐藤《さとう》さんとこはサクランボ農家と役場の仕事ば、ちゃーんとやってのけてらべ」

「よそはよそ、うちはうち」

よっしーが咳払いした。

二人がよっしーに視線を向ける。

「頑張り時ってのがあるもんだ」

「はあ?」

なぎばあのこめかみがピクリとした。

「昔は景気がよくて、うちさも設備投資ばして事業拡大の話が来たっけな」

なんの話か、と母と弘毅もよっしーに注目した。芽衣姉ちゃんは取り皿の豆腐をつまみながら淡々とテキストのページを進めている。

「ばあさん、覚えてるか。せんべいば自動で焼く機械ば導入しましょうっつー話さ乗ったことがあったべ」

突然の昔話に、なぎばあは顔を曇らせた。しかし曇りの中にも、昔を懐かしむ柔らかな薄日が差すのが見て取れる。

「んだんだ。借金して払ったものの一向に納品されねで、その業者とは連絡が取れねくなったんだ」

「そんなことがあったの？」

母が驚く。

「おめがまだ子どもの時だ」

「それで、どうしたの」

我関せずを貫いているふうに見えていた芽衣姉ちゃんが先を促す。

「借金だけが残った」

老夫婦以外が険しい顔をする。

母と芽衣姉ちゃんの目が三角になる。

弘毅は「借金ってなに」と聞いた。

「借りたお金」

「じゃあ、返さなきゃいけないじゃん」

「そうよ。たっぷりの利子をつけてね。利子ってのはお金を貸してくれたお礼みたいなもんで、借りたお金に上乗せして払うものよ」

「え？　なにそれ。そんなことしたら高くなるだろ」

「そうよ」

「お金がないからお金を借りたのに、そのうえにお金を足して返せるの？」

母と芽衣姉ちゃんが顔を見合わせる。弘毅はさらに尋ねた。

「返せなかったら？」

「この店が取られる」

答えたのはなぎばあ。弘毅はやっと話の内容が呑み込めて、

「それって大変じゃん！」

と慌てて目を三角にした。

遅いんだよ、と芽衣姉ちゃんがイライラと言い返す。

「で？　おじいちゃんたちはどうしたの？」

芽衣姉ちゃんが身を乗り出して詰める。弘毅も遅ればせながら身を乗り出してみる。

「自分たちがやれることはせんべいば焼き続けることしかねえって割り切って、ひたすら焼いた。それによ、ばあさんがオレの知らねところでスーパーだの産直だのと交渉して販路ば広げてらったしな。おかげで借金ば返せたばかりか、儲けが倍さなった」

「知らないところさ乗り込んでいって、『置いてください』って頭下げるのは、屈辱感もあったし、おっかねかったども、やんねば店が持ってかれると思ったすけな。邪険に追い返されたり、水ぶっかけられたりしたこともあったども、まあなんとかなったね」

弘毅は目を見開く。決して愛想がいいほうではないなぎばあが、せんべいを置いてくれとお願いして回ったなんて、信じられない。

「なぎばあがそんなことするなんて、すごい！」

弘毅は持ち上げる。なぎばあはわずかに口角を上げた。深く息を吸って吐くと、もう嫌味を言わず、食事に戻ってくれた。


帰りの会で、先生が親子レクレーションの内容を話した。

「お知らせにも書いたけどな、読んでない子のために説明するぞ。体育館で親御さんと協力して謎解きゲームをする。レクレーションの締めくくりには、家族に宛てた手紙を読んでもらうからな」

教室のあちこちから、え〜、手紙とかやだーと不満が出る。

「なんだよ。お前らはどうせ、テストをやるとか言ったってぼやくんだろ」

「もちろんでーす」

「テストと違って作文には正解も間違いもないんだ。原稿用紙に自由に書いてこい」

手紙はその日までの宿題となった。

越後は飼っている犬に宛てて書くという。先生に怒られるぞ、と弘毅は危ぶんだが、越後は「家族って言ったのは先生だぞ。アルマジロは家族だ」と、頑として書くと言い張る。さすが、犬にアルマジロと名づけるだけはある、と弘毅たちは感心した。

中村は幼稚園に通うわがままな弟に向けて、ぼくのお菓子を勝手に食べるなということと、ぼくのメガネを植木鉢に埋めるなという注意喚起の手紙を書くというし、潤は家族全員に宛てて、日頃の生活を報告する手紙を書くという。

弘毅は父に宛てて書くことにした。母の答えは今一つあやふやだったが、とりあえずは父が来るということにしたのだ。

帰宅すると、部屋にまっしぐら。おやつも食べずに机に向かった。

どうせなら来てくれるかもしれない父を喜ばせたい。

上手に、かっこよく書くぞ。

書いては消し、書いては消しして、時々立ち止まって上手い言い方を考え、きれいにまとまるよう考え、また書き出してということを繰り返しながら升目《ますめ》を一つずつ埋めていった。いつもなら、無駄に点や丸をつけ、ひらがなを多用し、改行もし放題だったが、今回は姑息《こそく》な真似をしなかった。

書き終わった時には二時間ほどたっていた。

突っ伏すようにして書いていた弘毅は身を起こして、晴れ晴れとした気分で手紙を眺めた。升目からはみ出しそうな黒々と濃い文字が、原稿用紙の上で躍っている。上出来だ。

ベッドの上でゲームをしていた弘毅が、そろそろ寝ようとゲーム機の電源を切った時だ。ガラス戸が開く大きな音が響いた。

玄関の引き戸だとすぐに察した。

きっと父ちゃんだ。

椅子の座面にがさっと置いていたカーディガンを羽織ってドアを開ける。廊下は寒い。隣のドアは開かない。階下から母の声が聞こえてくる。

父の呻《うめ》くような声にヒヤッとして、弘毅は階段を駆け下りた。

玄関のガラス戸に寄りかかって、表の外灯を背に、父が土間にぐったりと座り込んでいる。頭のセットが乱れて、匠《たくみ》の技ってくらいもじゃもじゃしている。その父の腕を母が肩にかけて立ち上がろうとした。こんなところに座らないで、と声をかけている。

「どうしたの。父ちゃん大丈夫？」

弘毅は駆け寄って父を支える。息が熱くて酒臭い。目にしみる。

「大丈夫よ。酔っ払ってるだけ」

母があっさりと言って、父の尻を叩いて土を払う。

「あ〜おうき。起きてらのかー。寝なきゃらめじゃないらぁ」

怯《ひる》むくらい、父はだらしない。

「父ちゃんが来るまで寝てたよ」

と、言ったのは母だ。いえ、ゲーム中でしたとは明かせない。

土間をはさんだ東側の部屋から、よっしーとなぎばあが顔を出す。

よっしーはあくびをして早々と引っ込み、なぎばあは眉を顰《ひそ》めて父を見た。

「ああ、おとうさんおかあさんたらいまかえいましたこんばんは」

頭をガクリと下げ、そのまま前のめりになるのを母と弘毅で支える。

「飲み過ぎたね」

冷ややかな一瞥をくれて、なぎばあは引っ込む。と、家の奥へ向かって居間、台所、と順に明かりがついていく。

台所から水音がして、部屋の襖から再び顔を出したなぎばあが、グラスを差し伸べてきた。水がたっぷり入っている。母はそれを受け取って父に飲ませてやった。

「お酒弱いのに無理して飲むんだから。まったくねえ。お水ありがとう。こっちは大丈夫。お騒がせしてごめんね」

飲み干したグラスを母経由で受け取るなぎばあ。ずっと眉に力が入り続けている。

母は弘毅に顔を向けた。

「ごめんね、起こしちゃって。起きたついでで悪いんだけど、そっち側支えてくれる？」

弘毅は父に肩を貸して支えながら一歩一歩進む。酔っ払っている父は汗ばんでいて重たい。おまけに息が酒臭くて、くらくらしてくる。

「階段は上がれないね。居間に寝かせよう」

「うん」

母が座布団を並べているうちに、弘毅は二階の両親の寝室から毛布を担いできた。

「弘毅は気が利くわねえ」

父にかけて、やっと落ち着いた。

隣の部屋からなぎばあの声が漏れてくる。――家業のことはなーんもしねのさ、こうやって夜中に酔っ払って帰ってきて息子にまで面倒かけてさ、なんなんだろうねっ。

弘毅は自分が非難されているような気分になって肩身がせまくなった。

そんな弘毅や周りの気持ちも知らないで、父は寝息を立てている。

あ〜あ。こんなに酔っ払って、何時からどれだけ飲んでたんだろう。もしかしたらオレが作文書いてる時間、もうすでに飲んでいたのかもしれない。そう想像したら、無性に悔しくなってきた。

父の顔は真っ赤で、口は力なくぽかんと開いている。

父ちゃんは今、楽しいのかな、と弘毅は思った。


スズメの声が聞こえてくる。白く清潔な朝日が玄関戸から土間に降り注いでいた。

弘毅がぶら下がり棒のところにいくと、今日もよっしーに先を越されていた。白い前かけをひらひらさせ、ズボンを尻に食い込ませてぶら下がっている。

「まだ?」

「あと一分」

よっしーは昨晩の父のことをなにも言ってこない。忘れちゃったのだろうか。

背後を通った芽衣姉ちゃんが「また待ってる。時間の無駄」と弘毅を嘲笑《ちょうしょう》しながら洗面所に入っていく。

「そういう芽衣姉ちゃんは、どうせ鏡の前でごしゃごしゃやるんだろ、その時間は無駄じゃねえのかよ」

ドアに向かって文句を言うと、「無駄じゃありません」と水音に混じって返ってきた。

ぼんやり立っているのもバカみたいなので、「よっしー、夜中、起きてきたよね」と水を向けてみた。

「おう」

よっしーが、体を揺すって棒を握り直す。

「父ちゃんがあんなに酔っ払ったことなんてなかったよね。びっくりした。オレちょっと怖かったよ」

喋り始めたら、自分でも意外なほどするすると言葉が出てきた。自分の言葉に「確かに今まであんなに酔っ払ったことはなかった」と再確認したり、「オレは怖かったんだ」と気づいたりした。

「いろいろあるもんだ」

よっしーが言った。

「くそ坊主さだっていろいろあんだろ。それと同じだ」

父を責めていないと知れて、弘毅はほっとした。

「小学四年生と四一歳が同じなのか」

「同じだ」

「せっかくおとなになったのに同じなんて。それじゃあ、おとなになった意味ねえじゃん」

「歳を取っただけできれいさっぱり変わるもんでねえ」

あれ、責めてるのだろうか。

芽衣姉ちゃんが洗面所から出てきた。ぼさぼさだった頭が整っている。

台所から、母が早くご飯を食べなさいと呼ぶ。夜遅かったのに、母はとうに起きてご飯を作ってくれているのである。

「もう一分以上たってるし！」

弘毅はよっしーの食い込み尻にパンチを打ち込み、台所に駆け込んだ。

青白い顔の父が、ぐったりと食卓の椅子にもたれていた。頭は一通りセットされているが、チリチリの毛がちらほら立っている。

あ、今日はまだいたんだ、と思った。朝ごはんの時に父ちゃんがいるなんて変な感じだ。

弘毅は正面に座る。

「おはよう弘毅。昨日はごめんな、母ちゃんから聞いたよ、居間まで連れてってくれたんだってな。毛布もかけてくれて」

父ちゃんがむくんだ顔の前で手を合わせる。

謝られたら急にイライラしてきた。おまけに口をぽかんと開けて寝ていた父ちゃんを思い出して、なんだか分からないけど涙まで込み上げてくる始末。

弘毅はそんな自分を見られたくなくて、乱暴に椅子にかけると、箸と茶碗を手にした。

「でも、親子レクには行くからな」

父はそれが唯一の免罪符であるかのように、努めて明るい声で告げる。

弘毅は茶碗で顔を隠し、ご飯をかき込んだ。


ところが。

親子レクレーションの前夜のことだ。

ランドセルに原稿用紙を入れていると、階下から両親の話し声が漏れ聞こえてきた。なにを言っているのかまでは聞き取れない。

弘毅はむくりと起き上がった。カーディガンを羽織って、原稿用紙をランドセルから出した。父ちゃんに一回読み聞かせなくっちゃ。万一、発表されたくないことを書いていても、今教えてもらえれば直せるから。

折り畳んで、カーディガンのポケットに入れて底冷えがする階段を下りていく。

台所の明かりが土間を照らしている。声は抑えているつもりらしいが、薄い壁や建てつけの悪い戸の隙間から漏れ聞こえてくる。

「でもそれだと弘毅が……」

「しょうがないだろ」

引き戸のガラスから覗くと、テーブルをはさんで両親が向かい合っているのが見えた。母はパジャマにカーディガンを羽織っており、父はスーツのままだ。

「行けないって、弘毅は楽しみにしてたんだよ。年に一回のことじゃない。その接待、ずらせないの？」

「ずらせるわけないだろ」

父の声音がいつになく厳しくなる。心臓が冷たくなった。中に入っていいのかダメなのか判断がつきかねて、弘毅はガラス戸と壁のちょうど真ん中に立っていた。

「接待の準備をしていた後輩を、怒鳴りつけてしまったし……」

「ご飯を一緒に食べたりして目をかけてた子？　あなたが怒鳴るなんて」

父がテーブルに肘をついて顔をこする。ため息が大きく聞こえた。

弘毅はガラス戸を開けた。

母がこっちを見る。父が振り向いた。揃ってバツが悪い顔をした。

弘毅の呼吸は荒くなっていく。

「たかが親子レクじゃん。別に来なくていいよ。親子でクイズとかつまんないに決まってる」

自分の声が、震えている。堪らない。頭に来て仕方ない。足を踏み鳴らして喚《わめ》きたい。すごくガチャガチャした気分だ。

しかし弘毅は怒鳴らなかった。爆発させたい気持ちを全力で潰して、震えていた。

「オレ知ってたもん。どうせ来れないって。だから全然驚かないし、ちっともショックじゃないんだ。平気だし」

芽衣姉ちゃんの時も来なかったのならそれでいい。怒りは湧かない。だけど、芽衣姉ちゃんの時は毎年来てたんだ。なのにオレの時は来ないいんだ。

芽衣姉ちゃんとは、朝起こされる時もおやつも夕飯も同じがよかった。差をつけられていないか、ずっと警戒してきた。実際、つけられたことはなかった、今までは。それが、今回はつけられた。親子レクには来ないいんだ。だって。

「だってオレ知ってるんだ。どうせオレは」

そこから先を言おうとして、声に詰まった。涙がにじんでくる。たかが親子レクなのに。

「弘毅……」

母が父へ視線を滑らせる。

「あたしも少しだけお勤めしたことあるけど、会社ってのはあなたがいなくたって回っていくのよ。自分がいなきゃ会社が止まると考えるのは、ずいぶん傲慢《ごうまん》でおめでたい考えよ」

ピシャリと言った。

弘毅は驚いて目を丸くした。母がそんなことを言うとは思いもよらなかった。父もそうなのだろう、顔を母へ向けたまま声を出せずにいる。その背中が強張っていた。

「あなたがいなくなれば、人は補充される。だけど、弘毅にはあなたしかいないのよ。弘毅には、あたしとあなたしかもういないの」

　弘毅は母を見た。母も、父の背中もぼやけてにじんでいる。

「あなたが行けないのなら、あたしが行く」

「だけど君は」

　父の頭がカレンダーへ向く。母が肩をすくめた。

「税理士さんの予約はまた別の日にしてもらう。今の時期激混みだから、変えてもらえるか分かんないけど。年に一度の親子レクなんだから」

「来なくていいって言ってるだろ。来るな。どうせオレなんか」

　背後のガラス戸が開いた。

「おう。こった夜中に、わちゃわちゃして。どやしたずのや」

　よっしーが起きてきた。がにまたが強調されるステテコをはいて、綿入れ半纏《はんてん》を羽織っている。その後ろにはなぎばあも。

　弘毅はよっしーとなぎばあを押しのけて台所を飛び出した。

　子どもさ「どうせ」なんて言わせるな、とよっしーの硬い声が聞こえた。

　階段の下で、カーディガンのポケットから折り畳んだ原稿用紙を引き出した。

　二時間かかったそれを二秒見据えたのち、大きく息を吸ってビッと破き、小麦粉の袋などが捨ててあるリンゴ箱に投げ捨てた。

　階段を駆け上がって、部屋に飛び込むと思い切りドアを閉めた。

翌朝。母が騒々しい足音で起こしに来た。ドアをバーンと開けて仁王立ちだ。

「起きなさーい！」

昨日あんな揉めごとが起こったのにすっかりいつも通りだ。こういうところ、母ちゃんはすごいと、弘毅は尊敬する。

母が芽衣姉ちゃんも起こしてのしのしと階段を下りていった。少ししてから、弘毅も一階に下りていく。

よっしーは階段下でぶら下がっていた。

「よっしー、おはよう」

小さい声で挨拶した。

「おう、あと一分だ」

弘毅は少しよっしーのそばに佇んだのち、台所へ行き、ガラス戸越しに中を確認する。そこに父の姿はなかった。出勤したのだろう。一生、会社にいればいいんだ。

芽衣姉ちゃんは黙々と箸を動かし続けている。

母が弘毅に気づいて、「ほらさっさとご飯食べなさい」と手招きする。

母はやっぱりすごい。飯を食えと言っている。昨日の揉めごとがなかったかのようだ。

弘毅は母のようにはなれない。気分はまだくすぶっている。

「いらない」

「給食までもたないわよ」

「いらない！」

足を踏み鳴らして仏間の前を通る。オレは怒ってるんだ、ということを周りにアピールしなくちゃならない。自分にも言い聞かせなきゃいけない。

仏壇の上の写真をちらっと見て、視線を下げ仏壇の小引き出しを一瞥する。

手を後ろに回してランドセルのお守りをギュッと握ると、ずんずん玄関へ向かう。

店の横を通り過ぎた。犬連れのお客さんを相手にしていたなぎばあと目が合う。が、なぎばあは仏壇に手を合わせろとは言わなかった。


五時間目が親子レクレーションだ。

二月末の校庭は雪がない。ポカポカ陽気で、松の根元でフクジュソウが咲いている。伸びやかに開いたその金色の花いっぱいに、降り注ぐ光を受けていた。

昼休みのそこに、ボールの音や歓声が響いている。

潤は鉄棒の柱に寄りかかりながら図書室で借りた本を読んでいた。弘毅は高い鉄棒にぶら下がっている。目の前では越後と中村がサッカーボールの蹴り合いだ。

「弘毅、腕ばっかし伸ばしてなにする気だ」

サッカーボールを蹴った越後が言う。

「腕が伸びたら背も伸びるかもしれないだろ」

「そう簡単に伸びないって。グミ食べる？」

中村がボールを蹴るのを中断して、弘毅たちにグミをくれた。弘毅と越後は口に入れる。オレンジ味だ。潤は歯を磨いたから、と断った。中村はボール蹴りに戻る。

「伸びたらちょっとでも早くおとなになれるかもしれないし」

「……なれるといいね」

と、本のページをめくりながらの潤。

「オレは子どものまんまがいい。小遣いもらえるもん」

と、中村にパスを出す越後。

「えっつんはおとなになっても小遣いもらってそうだな」

と、中村。

保護者が校門から入ってくるのが見える。

潤の父親は来ないという。開院日だからだ。

「母さんは？」

越後が聞く。越後は潤の両親がリコンしたのは知らないようだ。中村も怪訝《けげん》そうな顔をしているからこっちも知らないのだろう。潤は黙る。

弘毅はすかさず、

「じゃあオレんちと同じだな」

と、言った。

「小田君ちは父さん以外みんな家にいるじゃない。どうして来ないの？」

「大体はお前んちと同じで、家で仕事してるからだな。しかも母ちゃんは税理士事務所に用事があるし、安江さんが休みだから、よっしーとなぎばあだけで店を開けてなきゃなんないし」

潤の親だって来ないんだし。

弘毅はなんでもないふうを装う。

「ふうん、でも小田君とこの父さんは会社員でしょ。だったら有休って言うのがあるはずだよ」

「セッタイなんだって」

軽く言うと、あ〜セッタイな、と心得顔の中村。

「あ、おっかあだ。おーい、おっかあ！」

越後が校門のほうに大きく手を振る。

母親が足を止めてこっちを見た。パンツスーツ姿の小柄な人だ。

越後が母親のもとへ駆けていった。

「なんか緊張してきた。ぼくトイレに行く」

中村はボールを拾って校舎へ入っていく。

保護者が徐々に増えてきた。コートやジャケットの下からスカートや、折り目がまっすぐに走るスラックスが見えている。頭を下げあったり笑いあったりしていた。

それを見て、弘毅は無性に悔しくなってきた。

「オレ知ってたし。オレが本当の子どもなら来てたんだ。芽衣姉ちゃんの時は、毎年来てたんだもん」

当てつけのように吐き捨てた。

潤は本を閉じて弘毅を見つめた。眉のつけ根がわずかにくぼんでいる。本当なのか冗談なのかを見極めようとしているように見える。

弘毅は口に出してしまったことをすぐに後悔した。

「嘘だよ。変なこと言ってごめん」

潤を前にしてなぜか油断してしまった。

潤はあっさり頷いた。

本当に納得したのだろうか。

潤の顔を窺うと、潤も弘毅を見返した。

弘毅はなに食わぬ顔で目を逸らす。

予鈴が鳴った。気づけば校庭には二人以外誰もいなくなっていた。

「小田君、行こう」

親が来ない二人は校庭を出た。

汗臭さが染みついている体育館が、今日は化粧品やスタイリング剤の匂いがしていた。空気までが特別気取っているようで、弘毅はひっそりと口を尖らせた。

壁に沿って長机が配置され、いろんなクイズが用意されている。親子はそれを一つずつ回ってクリアしていく。弘毅の耳に、保護者のビニールスリッパの音が障《さわ》る。親が来ていないのは弘毅と潤だけだ。先生が、二人でクイズに挑戦するように指示した。虚《むな》しくないと言えば嘘になるが、しょうがない。

幸い、他の親子が弘毅たちに構うことはなかった。構われたら余計にみじめな気持ちになっただろう。

謎解きクイズが終わると、子どもたちは体育館の中央に集まった。

作文を順に発表していくのである。自分の番を待つ子どもたちの緊張はなみなみならぬものがあった。

一人読み終わるごとに拍手が起こる。

自分の番が迫る中、弘毅の手に作文はない。杏里が弘毅の手元をチラッと見たが、すぐに前を見た。さすがに居並ぶ親たちの前で説教をしてくるつもりはないらしい。

弘毅は、読み上げられていく作文を聞きながら膝を抱える腕に力を込め、毅然《きぜん》として前を見据えた。

越後はアルマジロに語りかける口調で、散歩の時に、背中を丸めて転がるように走るのがおもしろく、棒を投げても取ってこないところが好きだと発表した。ペットに宛てて書いたのは越後だけだ。読み終わったあとの拍手は盛大だった。母親は天井を向いてため息をついていた。

中村は弟に宛てた手紙で、お菓子とメガネの件で説諭《せつゆ》した。笑いが起こる中、大柄な父親はうちわのような手で拍手をしながら苦笑いして「分かった。帰ったら言い聞かせるから」と約束していた。

潤は「父さん、母さん、兄さんへ。ぼくの毎日をお知らせします」と題して、自分の日頃の生活を報告する手紙を読み上げた。

それで弘毅は、潤に大学に通う兄がいることを知った。

朝と晩、砂時計で時間を計りながら歯を磨いて、磨き残しがないか厳しくチェックをしていることや、歯のために食事内容や食べ方などに気をつけている「ぼくの毎日」を読み上げた。

おとなたちが呆気に取られ、子どもたちがあくびを始めたあたりで、歯は大事にしましょう。松田歯科医院をよろしくお願いいたします。と啓発と宣伝で締め括《くく》った。

拍手の中、腰を下ろした潤は、誰かに呼ばれたかのようにピクリとして、肩越しに振り返った。身をねじったまま微動だにせずに保護者たちを見つめている。

弘毅は潤の視線の先を目で追った。

薄いベージュのセーターに長いスカートを身に着けた細身の女の人が、目の周りを赤くしてこまやかな拍手をしていた。

弘毅も一度か二度見たことがある、潤の母親だ。

弘毅の胸に羨ましさと嬉しさがにじみ広がる。

潤にささやいた。

「母ちゃん、よく来たな」

潤が弘毅に顔を向けた。その顔は紅潮している。

「親子レクレーションがあるってことは伝えていたんだ。でもまさか来るとは思ってなかった。途中参加だけど、でもわざわざ新幹線で来てくれたんだ……」

両手で原稿用紙を持って、出来栄えを嚙み締めるようにとっくりと見つめた。

そうこうするうちに弘毅の番が来た。

弘毅は立ち上がると、

「ごめんなさい。手紙を」

忘れてきました、と謝ろうとした。

「おう、弘毅。おめえ忘れてったじゃねえか」

その聞き覚えのある声に弘毅は振り返った。保護者をかき分けてよっしーが現れた。手拭いを頭と首に巻いている。フリースを羽織って、前かけをきっちりしていた。

「よっしー！」

弘毅の呼びかけに、子どもたちが続く。

「よっしーだ」

「よっしーがいる」

弘毅が呼んでいた呼び名でみんなが呼ぶ。

課外授業に来たみんなはよっしーのことを覚えていた。よっしーよっしーとコールが上がる。

保護者の集団から抜け出た小柄な猫背の老人は子どもたちを見回した。

「くそ坊主ども。無駄に生きがいいな」

保護者の在不在は、よっしーの口の悪さにはなんら影響しない。

よっしーは、原稿用紙を弘毅のほうへ突き出した。

弘毅は嬉しさでいっぱいになって、つんのめるように駆け寄る。

「店は？」

「今日はどういうわけか客が来ねえんだ」

弘毅は原稿用紙を受け取る。乱暴に破いたそれは、セロハンテープで雑に留められていた。

定位置に戻って原稿用紙を開くと、折り目から小麦粉がさらさらとこぼれ落ちた。

この原稿用紙は買ってもらったものだ。父と母が働いて買ってくれたものだ。よっしーもなぎばあもせんべいを毎日一枚一枚焼き続けて、芽衣姉ちゃんだって手伝って、それでこれが買えたんだ。

なんだか急に心強い気持ちになってきた。

弘毅は、父に宛てたそれを、家族のみんな宛てに変えた。

父への手紙を書く時は、上手に書こうとかかっこよくしようとか、喜ばせようとか考えに考えて時間がかかったが、今は下手くそでもかっこ悪くても喜んでくれなくてもいいから、家族一人一人を原稿用紙の上に思い浮かべて、伝えたいことをそのまま口にした。そうしたら、大きな声が出て、ハキハキと発表できた。

読み終わると、よっしーが真っ先に拍手した。みんなも拍手する。

「よし、くそ坊主ども三本締めだ！」

戸惑う担任をよそに、よっしーが音頭を取った。

タタタン、タタタン、タタタンタン、よーっお、タンッ。

越後は弘毅に向かって親指を立ててにっと笑い、中村はふっくらとした手でクラスの誰よりたくさん手を打ち合わせてくれていた。隣の潤は微笑んで拍手してくれている。

よっしーは頭の上で拍手していた。この日のためにぶら下がり続けたのかというほど、それはそれは高く腕を上げていた。

担任が「あ、あのー。縁起よく締めてくださいましたが、子どもたちの発表が残ってますので続けます」と汗を拭きながら割って入った。


全員の原稿用紙は回収された。教室の壁に貼り出されるのだ。セロハンテープで留めた弘毅の原稿用紙も、ばっちり貼り出される。そしてそれは父に宛てた手紙なのだ。

クラスのみんなは、発表と実際の文章が違うことで嘘つきだと思うだろうか。だけど、書いたものも、発表したものもどっちも本当だ。そう言えばいいだけだ。

よっしーの軽トラで帰ってくると、すれ違った梅田の老夫婦がプップとクラクションで合図をして去っていった。店の前にお客さんがずらっと並んでおり、なぎばあが必死の形相《ぎょうそう》で窯を回している。

裏の駐車場に止めて二人が表に回ってくると、よっしーの姿を認めたなぎばあが、必死の形相から鬼の形相に変わった。

「あんた！　どこまで缶珈琲ば買いに行ってたんだい！　豆ば収穫するとっから始めたのかい!?」

「おう。おかげで立派なもんが収穫できた」

弘毅がよっしーの後ろから顔を出すと、なぎばあはわずかに目を見開いて、あっさりと怒りを収めた。

弘毅が接客をしているうちに、母がバッグを肩にかけ、「ごめーん、遅くなったぁ！」と急ぎ足で入ってきた。前かけをすでにしていたので、税理士事務所にも前かけをしていったの？と聞く。気づけば普通に話しかけていた。

母は、信号待ちしている間に車内でつけたと言った。

なぎばあから、よっしーが親子レクレーションに行ったと聞いた母は、へ〜、と感心と驚きの声を上げる。

「店、抜けられたの？　その間、母さん一人きりだったでしょ？　大変だったんじゃない？」

お客さんの行列を思い出して、弘毅はなぎばあとお客さんに悪いことしたなと思った。

なぎばあは、弘毅に視線を走らせると、大したことねかったよ、とうそぶく。

「大体ね、このじいさんは孫のことになるとイキがるんだよ。保育園の時だってそうだよ。腰が痛ぇ腰が痛ぇのべつまくなしに言ってたくせに、お迎えの時間になると、ジャン、と出ていったんだすけ」

「そうだったっけね。あたしが行くって言ってもう、玄関に出てたもんね」

確かにお迎えはよっしーだったが、腰痛を押して渋々来ていたのだとばかり思っていた。

弘毅は初めて知ることに驚いて、作業場のよっしーを見た。よっしーは黙々とせんべいを焼いている。

一時間ほどして、よっしーから缶珈琲を買ってくるよう頼まれた。学校から帰ってくる途中で買えばよかったでしょと言うと、一時間前ぇは飲みてと思わねかったじゃ、と口を尖らせる。

弘毅は近くの自販機へ行こうとして、一〇分程足を延ばしたスーパーのほうがいいじゃん、と閃《ひらめ》いた。同じ缶珈琲がずっと安く買えるのだ。そうなればお釣りは取っておける。いずれ小遣いと合わせてゲームを買おう。

夕飯の買い物客で賑わうスーパーの長蛇の列に並んで缶珈琲一本を買い、ポケットの小銭を確かめながらほくほく顔で帰ってくる途中、潤とすれ違った。小田せんべい店の紙袋を提げている。

「おう、潤」

片手を上げる。

潤は一瞬気まずい顔をした。なぜそんな顔をしたのか見当もつかない。いや、こっちの勘違いなだけかもしれないけど。

「せんべい買ってくれたのか。ありがとう。母ちゃんにあげるのか？」

「え？　ああうん」

潤は視線を泳がせ言葉少なに答え、「じゃ」と言って急ぎ足で遠ざかっていった。

家に帰ると、なんだか空気がざわざわしていた。

家の奥からどんどんどんどんと打ち鳴らされる音。

「おい、ばあさん、ばあさん！　呑気に便所なんかさ入ぇってる場合でねえよ、弘毅が家出したど！」

慌てたよっしーの声が響いてくる。

それを聞いた弘毅は目をぱちくりする。

オレが家出？　なんで？

ジャーッと水音が聞こえてきた。

ドアが閉まる音が響く。

「家出だって!?」

なぎばあの怒鳴り声。

「弘毅！」

通りから呼ばれて振り向くと、前かけの裾を翻《ひるがえ》して、ゴムサンダルをはいた足を高々と上げ、猛然と走ってくる牛がいる。母である。

「ああ、いかった！」

気圧《けお》されてあとずさる弘毅の腕をむんずとつかむと、母は家の中へ向かって「父さん母さん。弘毅が帰ってきたよ！」と叫んだ。

なに。なんなのそりゃ帰ってくるよ、だってお遣いだもん。そしてこのお遣いを頼んだのは、なにを隠そうよっしーじゃないか。

掃き出し窓にはカレンダーの裏に「臨時休業」と殴り書きされた紙が貼られた。

四人は仏間に集《つど》った。

弘毅はこたつの上の缶珈琲と、せんべいがパンパンに入った密封袋の間におつりを出した。

ごめんなさい、と謝る。

だけど誰もおつりには注目しない。叱りもしない。

「まーったく。じいさんてば自分でお遣いに行かせといて家出なんて騒いでさ、ボケ倒すのもたいがいにしとくれよ。あたしはあんたのせいでもう三〇〇年は寿命が縮んでしまったでねえか」

なぎばあがこたつの天板をパパパパンッと連打する。おつりが小さく跳ねてちゃりちゃりと音を立てる。

よっしーは缶珈琲に手を伸ばしてふたを開け、口をつけた。

「そこの自販機さ買いにいかせたのに、いつまでたっても戻ってきやしねえんだすけ、家出したと思うべ」

「なんにしても、帰ってきてくれてよかったよ」

母は片手を畳について体を支え、もう片手で弘毅の背中をなでた。

その約二〇分後、父が慌てふためいて帰ってきた。

母が、こたつに片肘をのせてすっかり落ち着いた様子で父を迎える。

「ああ、父ちゃん。弘毅が帰ってきたよ。その連絡をするの忘れてた、ごめん」

父は弘毅の姿を認めて、靴を脱ぐのももどかしいといった感じで上がってくると、弘毅の前にぺたりと座り込んだ。弘毅の両肩に手を置く。

「弘毅。よかったよかった。そうか帰ってきたか。うん、うん。ケガはないか？　大丈夫か？」

「え？」

「違うのよ父ちゃん。弘毅は頼まれて缶珈琲を買いにいってただけ」

「家出じゃないの」

「え？」

父は、よっしーが手にしている缶珈琲と弘毅を見比べる。

長い安堵《あんど》のため息とともに、ああそっか家出じゃなかったのならそれはそれのほうがよかった。本当によかった、と汗まみれの顔をなでる。朝より頭が散らかっている。

「接待はどうだった？　無事に終わった？」

母が問う。

「え。あ。それが、まだ続いてる」

「え」

母と弘毅の当惑の声が揃う。

「途中で帰ってきたの？」

「父ちゃんが、途中で？」

「そりゃ、弘毅が家出したなんて聞いたら帰ってくるよ」

涙ぐんだ父を見て、弘毅は無性に胸が苦しくなってきた。父を騙して帰ってきてもらったような罪悪感を覚える。

「やれやれ。あたしたちが家出したなんて思った原因は、なんだったんだべね」

なぎばあが嫌味たっぷりに言い放った。

父の体が強張ったのが弘毅に伝わる。父は弘毅に改めて向き直った。

「……ごめんな。寂しい思いさせてしまって」

「ほんとですよ」

と、なぎばあが吐き捨てる。

「外の仕事も大事だべったって、うちを一切顧《かえり》みねってのもどうなんだべね」

父は正座し、なぎばあに頭を下げた。

「至らず、申しわけありません」

頭を下げ慣れているきれいな所作で、弘毅は見ていられず、父から視線を逸らした。

「申しわけありませんじゃないよ、だいたいあんたは」

続けようとしたなぎばあを遮るように、

「その通りよ」

と、母がなぎばあに同意する。

弘毅は目をパチクリさせた。てっきり母は父を庇《かば》うと思っていたのだ。父も予想外だったのだろう、座り直し、いよいよ縮こまる。

「これまでの学校の行事には全部あたしが行ってきたでしょ」

「負担をかけていてすまない」

「負担？　そういうことを言ってるんじゃないの。あなたは弘毅の成長を見るチャンスをみすみす逃してるって自覚がないのね。子どもとおとなの時間は違うの。もたもたしてるうちにあっという間に大きくなっちゃうんだから」

あっという間でもない。いつになってもクラスでダントツのチビだ。鉄棒にぶら下がってもでかくなった気はしない。腕も短いままだし。と弘毅は自分の腕を眺める。

「あなたも弘毅の成長を見たっていいでしょ」

母の声がにじんだ。

空気が張り詰める。父は石像のように固まってしまった。弘毅はハラハラする。

もともとはそんな大袈裟な話じゃなかったはずだった。確かに芽衣姉ちゃんと比べて、自分の時は来てくれないと知り、腹が立ったが、母が泣くほどのことではない。

オレのせいでギスギスし出した。ケンカになりかけてる。どうしよう。

期待はできないがそれでも最後の頼みの綱はよっしーしかいない。そちらを見れば、歯の裏が見えるほどの大きなあくびをしていた。だめだこりゃ。期待したオレがダメだ。

弘毅は深く息を吸い込んだ。

「もういいよ」

前のように渾身《こんしん》の力で怒りを抑えるなどしなくてもよかった。

「父ちゃんにもいろいろあるんだろ。母ちゃんにもなぎばあにもいろいろあるんだ。だからもういいって」

仏間が、しん、とした。

なぎばあが「弘ちゃん、無理してねど?」と心配そうに聞く。無理してないよと答える。

父も母も、体のどこかが痛むような顔で弘毅を見つめている。

弘毅は身じろぎした。気分を変えるように深呼吸する。

「だって、よっしーが来てくれたんだし」

「お義父さんが?」

父が虚《きょ》を衝《つ》かれた顔をする。

よっしーは親指と人差し指を鼻の穴にねじ込んで、毛を勢いよくブチッと抜く。指先をしげしげと見た。父はそのよっしーに頭を下げる。

「すみません、行っていただいて」

だからそういうところを今、母ちゃんがつついたんだよなあ、と弘毅はどうしようもなく気の毒になってきた。

よっしーはしなびた喉を反らせて缶珈琲を飲み切ると「気にするな」と言った。

玄関の扉が開く音がして、ただいま〜と芽衣姉ちゃんの声がした。せまい通り土間のあちこちにぶつかる音が大きくなってくる。

ガラス戸にバッグをぶち当てると、ひょいと仏間に顔を出した。コートを着た芽衣姉ちゃんは、通学カバンの他にも重そうなバッグを持っている。参考書が入っているようだ。

姉はキョトンとした。

「……全員集合？」

母が手短に説明すると、ふーん、と理解したような理解しかねるような返事をして、「ってゆーか」と話をつなげた。

「お遣いに時間がかかったくらいで、なんで、おじいちゃんは弘毅が家出したなんて思ったの」

よっしーがむせた。缶珈琲に手を伸ばして呷《あお》ったが一滴も落ちてこなかったようで、あとはただただ咳き込むばかり。

「だからそれは、あんたたちの父ちゃんが」

なぎばあが言って、父は肩身をいよいよせまくする。

その時、弘毅はピンときた。さっき潤とすれ違ったのを思い出したのだ。

親子レクレーションまではいたって普通だったよっしーは、弘毅がスーパーに行って帰ってくる間に様子がおかしくなった。そして、スーパーと家との間で出会ったのは潤だ。

「潤となにか関係あるの？」

予想をぶつけてみた。

よっしーの顔が赤くなる。顔に出るよね、と芽衣姉ちゃんが感心する。こういうのが旦那だと、奥さんはさぞかし扱いやすかったでしょうね、とつけ加え、なぎばあも分かりやすいのが一番だ、人騒がせだどもねと答える。

息を整えたよっしーは、なんでもない、とそっぽを向いた。

「なによ、おじいちゃん。教えてよ」

「よっしー。潤はなにを言ったんだよ」

孫二人がせっつく。

母と父がひそかに目を見合わせたのを、弘毅は察知した。そしてなぎばあもそれに気づいたようだ。チラッと仏壇に視線を走らせる。

「よっしー。言ってよ。オレの知ってることなんだろ」

よっしーがギョッとした顔を弘毅に戻した。

弘毅は目に力を込めて見返した。

よっしーが、観念したようにぽつりと呟く。

「歯医者の息子がせんべいば買いさきたついでに、聞いてきたんだ」

『小田君ちはみんなが仲良しでいいですね。それなのに、どうして本当の子じゃないなんて言ったんだろう。なにかあったんですか？』

みな、黙り込む。

柱時計の振り子の音とラジオの音が聞こえる。

よっしーは誰が見ても分かりやすく顔色を変えたと思う。その顔色を見て、潤は確信したんだ。だから、すれ違った時に様子が変だったんだ。

「あ～、やだやだ」

急に、なぎばあが仏壇の前に膝でずっていって、座布団を横にどけるとお鈴をチーンチーンと高く打ち鳴らした。

「ご先祖様、うちの孫がわけの分からないことを申しております。そんなわけないじゃありませんか、ねえ？」

「お義母さんの言う通りだよ弘毅。本当の子じゃないなんて」

父が弱り切った顔で、額を手のひらでこする。弘毅とは目を合わせない。

「オレ、安江さんから聞いたんだ」

弘毅は言った。

柱時計が時を刻む、ゴッチゴッチという力強い音が聞こえてくる。

「小学校に入るちょっと前。買ってもらったばっかりのランドセルを背負ってたら、安江さん、『お父さんとお母さんにも見せてあげたかったね』って半泣きになったんだ。そのあとで慌てて誤魔化してた。意味が分からなかったけど、そっからずっと気になってた」

告げ口したみたいで胸がザラザラする。

安江さんを叱らないでよ、とつけ加えた。

弘毅はランドセルを引き寄せてお守りを握った。保育園の頃は、通園カバンに下げていた。が、小学校に上がる時に母がランドセルにつけ替えてくれたのだ。もともとの色は白だったけど今じゃ灰色になっているし、あちこち擦《す》り切れて毛羽立っている。「御守り」という刺繡《ししゅう》の金色の字もほどけて、文字というより模様になっていた。ずっと一緒だった。

弘毅はなぎばあのそばに行き、仏壇の引き出しを開けた。経文《きょうもん》やら数珠《じゅず》やらが入っているその奥に紫色の畳まれた布がある。

取り出して開くと写真が数枚現れた。カラーの遺影と同じ男の人と女の人が映っている。女の人は赤ん坊を抱っこしている。その腕に引っかかっている大きなバッグにぶら下がっているのは白いお守りだ。

写真を裏返すと浩二、真理、弘毅と書かれてある。

「この人たちが、オレの……」

弘毅は遺影に目を移した。手元の写真と同じ顔。そして二人は笑顔だ。女の人は今の自分に似ている。

自分の親を覚えていない。

悲しいという感情にはなかなかたどり着けない。

特に気持ちの上がり下がりもない。

どこかぼんやりと鈍くて、曖昧《あいまい》な感じだ。

「んだ。おめの父親と母親だ」

よっしーが断言する。

「じいさんっ」「父さん！」「お義父さん……」「おじいちゃーん」

四人がたしなめる口ぶりで呼ぶ。

よっしーは一切構わず、鼻毛を抜き「おお、痛ぇ」と、涙目になりながら、毛を息で飛ばした。芽衣姉ちゃんが「うっ。飛ばした」と身を引く。

「死んだ原因は分かるど？」

よっしーが弘毅に問う。

みんなが固唾《かたず》を呑む。

弘毅は頷いた。

「あの黒い板みたいなのに日づけが書いてあるから、震災だろうなって思ってた。震災は授業で習った」

「黒い板は位牌《いはい》つーんだ。おめが一歳の頃は、宮城県の石巻《いしのまき》ってところで暮らしてたんだ。震災の日、おめは保育所さ預けられてて助かった。おめの母親は恵理《えり》の一つ下で、真理《まり》って名前で、週に何日か介護施設で働いてた。父親は浩二《こうじ》つって小学校の先生だった。二人とも職場で津波さ呑まれだ」

両親が死んだと聞いても、テレビのニュースやドラマを眺めているような感じがするばかりで、感情が激しく波立つこともなければ、涙も出てきやしない。

「浩二さんの両親も一緒に亡くなっちまったんだよ」

と、なぎばあが視線を落とす。

「そのお守りがあったすけ、助かったんだかねえ」

弘毅は改めてお守りを握る。

「弘毅が生まれた時」

と、母が静かな眼差しをお守りに注《そそ》ぐ。

「真理も浩二さんも大喜びしてね。浩二さんのご両親もお祝いして、そりゃあもちろんあたしたちもお祭り騒ぎだったんだよ。芽衣なんて抱っこしたがって、父さんと奪い合いになってね、大変だったんだから」

芽衣姉ちゃんが「おじいちゃん、なかなか渡してくれなかったよね」と笑う。よっしーは靴下の毛玉を熱心にむしっている。父は頷いている。

「あの時の真理のぴかぴかの笑顔、よーっく覚えてるよ。弘ちゃんのおかげで、母親になったあの子の笑顔ば忘れることは、ね」

なぎばあが割烹着《かっぽうぎ》の裾をギュッと握って、微笑んだ。目の端が、湿っているように見えた。

「だすけ弘ちゃん。じいさんも言ったども、自分さ関わることで『どうせ』なんて言ったらダメだよ。弘ちゃんは、みんなから祝われて生まれてきたんだすけ」

弘毅の胸がギュッとした。

よっしーが「どっこらしょう」と腰を上げ、仏間を出ていった。

戻ってきたよっしーは、ごつくて黒いラジオを手にしている。

傷だらけだ。

「これは、おめだぢが暮らしてらったアパートから見つけてきたものだ。まンだまだ使える。丈夫なもんだ」

スイッチを入れた。雑音のあと、番組が流れる。ラジオの人はいつも明るく朗《ほが》らかだ。

「お父さんとお母さんはどんな人だった？」

「どんな？」

よっしーは、腕組みをして考え込んだ。なぎばあも一言じゃ言えんねと、遺影を見上げる。

母が「この家にいた頃の真理は毎朝ジョギングとストレッチを欠かさなかった。寝坊してもそれだけはやらなきゃ気がすまなかった子だったよ」と教えてくれた。

弘毅は、毎朝ぶら下がるよっしーの姿が頭に浮かんだ。そして、オレも欠かさず鉄棒にぶら下がってる、と思った。

「恵理ちゃんに似て、大きな声でハキハキした口調だったなあ」

と父も懐かしむ目をした。

父が母を恵理ちゃん、と呼んだことのほうが弘毅の気を引いた。芽衣姉ちゃんも新発見をした顔で父を見ている。

「口の悪さと、さばけたところはじいさん似だった。口ば尖らせるところもね」

と、なぎばあ。

「おばあちゃんに似て背がすらっと高かった」

と芽衣姉ちゃんが続けた。

母が言う。

「旦那の浩二さんは国語が得意な先生だった。うちに遊びに来た時、受け持ちの子たちの作文についてとても楽しそうに語ってた。せんべいが好きで、弘毅を抱っこしてよくほら、今弘毅が座ってる場所だよ、そこで焼き立てをかじってた。弘毅は飴せんべいをあむあむとしゃぶってたね。あんたと浩二さんは飴せんべいがあればいつまでも機嫌よくしていたのよ」

こたつがけにはまだ水飴の気配が残り、湿っぽく、しっかりベタベタしていた。

「……は、耳を食べた？」

自分の本当の父親を改めて、この父母の前でどう呼べばいいのか分からず、濁した。

「え？」

「……は、耳を食べた？」

「食べたよ」

母も父も浩二のことだと分かってくれた。

「みんなは覚えてるんだな」

呟いた弘毅をみんなが見つめる。

「ごめん。弘毅は知らないのに」

父が謝った。

「違うよ、父ちゃん。オレは良かったって思ったんだ。オレが知らなくたって、みんなが知ってるんだから、それって安心じゃん」

弘毅が言うと、父はちょっと目を見開いた。

「そうね。それに弘毅が知らなくたって弘毅の中に、真理も浩二さんもいる」

母が断言した。

毛玉をむしっていたよっしーがふいに顔を上げ、作業場のほうを向いた。ガラス越しに見つめているものは、柱に刻みつけられた無数の傷のようだ。

たくさん、傷がついている。毎年毎年、傷の位置が高くなっていったのを、よっしーは楽しみにしていたんだろう。嬉しそうに傷をつけるよっしーの姿が思い浮かぶ。それが、津波でその一人を亡くした時のよっしーはどんな気持ちだったんだろう。

弘毅はよっしーの横顔を凝視する。

しかし、いくら見つめても、しわに埋もれたその顔から読み取ることはできない。まるで、読み取られまいとしているみたいに静かな無表情だ。

「弘ちゃんがいてあたしたちは立ち直ったんだ」

なぎばあが目を細めて弘毅を見る。

胸の奥から、温もりがじんわりと全身へにじみ広がっていく。

「あんたは、真理たちからの最後にして最大の贈り物なんだよ」

母が微笑む。

弘毅は、嬉しいのと照れくさいので、背中をもぞもぞさせる。

「オレの中に二人がいるのなら、オレも背が高くなるのかな」

「どうだべな。オレの孫だすけ、小せぇままかもしれねな」

やなこと言うなよ、よっしー、と弘毅は口を尖らせ抗議する。

「作文も上手くなるんじゃない？」

と、芽衣姉ちゃん。

「なるかなあ」

芽衣姉ちゃんも本当の姉ちゃんじゃないけど、それはあまり気にならない。どうしてだろう。「父ちゃん」と「母ちゃん」だけがずっと気になっていたのだ。「父ちゃん」と「母ちゃん」がどれだけ自分のことを気にかけているのかが重要だった。

弘毅が知っている自分の家族は、今ここにいる小田家のメンバーだけだ。これが弘毅が知っている家族というものの全部だ。

「弘毅がよぉ、親子レクレーションで作文ば読んだんで」

「作文ですか？」

「あら〜、それはぜひとも聞きたい。弘毅、読んでよ」

母に頼まれた弘毅は首を横に振る。

「先生に出してきた」

「そうか。父ちゃんは聞きそびれてしまったな……ごめんな弘毅」

よっしーが咳払いした。

「え〜、ではリクエストにお応えいたしまして僭越《せんえつ》ながらアッシが御披露いたしやしょう」

新聞紙を手に立ち上がると、肘を伸ばして目の高さに開き、それを読み上げるように語り始めた。

「父ちゃんへ。仕事で朝早くから夜遅くまで頑張っていて、すごいなあと思います。あんなに臭いお酒を飲めるのにも尊敬します。ぼくはコーラのほうが好きですけど、おとなになったら臭い飲み物も飲めるようになるのかな、と思います。できれば甘いお酒がいいです。母ちゃんへ。おいしいご飯をありがとうございます。特にせんべい汁がおいしいです。あと、毎朝、起こしてくれてありがとう。ただ、あんなに大きな声で起こさなくてもいいです。びっくりして、起きる前に心臓が止まりかけます。なぎばあへ。毎日せんべいを焼いてくれてありがとう。落雁はなぎばあにあげます。それ以外のお菓子はぼくに任せてください。芽衣姉ちゃんへ。お客さんには明るくて優しくて、えらいなと思います。ぼくも真似しています。お小遣いで勉強の本を買うところも立派です。ぼくは小遣いではマンガ本とゲームを買ってしまうので、芽衣姉ちゃんのそういうところもお手本にしたいですが、まだいいです。大学受験頑張ってください。応援しています」

弘毅はよっしーの記憶力の良さに舌を巻く。確かにそんなことを発表した気がする。

「ほうれ、オレもまだまだだべ」

諳《そら》んじたあと、存分に勝ち誇るよっしー。

母となぎばあが拍手をする。教室でもらった拍手よりずっと大きい。

父は赤くなって頭をかく。

「お酒はほどほどにしとくよ」

芽衣姉ちゃんは、

「プライバシーの侵害だよ。それから『お客さんには』ってなによ。あんたにだって十分明るく優しいでしょうが」

と芝居がかったふうに肘で突いてきた。

「あ、待って。おじいちゃん宛ては？」

「オレのはいい」

よっしーが胡坐《あぐら》をかく。今度は弘毅がよっしーから新聞を借りて立ち上がった。

「『よっしーへ、毎朝オレとぶら下がり棒を取り合いしていますが、オレが起きてくるとたいていぶら下がっていますね。ひょっとしたら前の晩からぶら下がっていたりしますか？　それから、よっしーの【あと一分】は、五分はあります』」

みんなが大笑いした。よっしーはそっぽを向いて頬をかいている。

「でも、よっしーの腰が良くなるのなら、譲ってあげます。オレのことは気にしないで。オレにはお寺と校庭もあるから」

弘毅は新聞を閉じてみんなに向かってお辞儀をした。みんなは笑顔で拍手をする。よっしーだけはへの字口で鼻毛を抜いて、「痛ぇ」と目を拭った。

父のスマホが通知音を鳴らした。

父は口元を引き締めると、みんなに断ってから携帯を操作した。

ふいにその口元が緩んで、そこから長いため息が漏れた。

「いい取引ができたそうだ」

「途中で帰ってきたのに？」

意外そうな母。

「南部せんべいの話が出たんだって。取引先の方が以前、この辺の視察に見えられたことがあったらしい。その時にたまたまうちに寄ってくださったって。うちのせんべいを気に入ってくれて、その話題で盛り上がったらしい。もらった飴せんが旨かったって」

「ああ！　覚えてる！」

弘毅は手を打つ。

「あの紳士じゃな……おじいさんだ。仙台の車で来たよ」

父は嬉しそうに笑った。

「その方が弘毅を褒めてたよ。ちゃんと挨拶してくれたし、快《こころよ》く飴せんをくれたって」

「快く……」

――息子さんが礼儀正しくて気持ちが良かった。勧められて、飴せんというものを初めて食べたよ。せんべいのかすかな塩味が水飴の甘さと純朴さを引き立てて、味わい深く仕上がってるし、食感も独特で食べるのが楽しかった。腹持ちもいい。飴の香りと小麦の香りがなんとも言えず懐かしさを掻《か》き立ててくるんだ。せんべいは薄味で滋味《じみ》深くて、それはそれでいいんだけど、水飴が間にはさまると味も食感もガラッと変わって食べ応えが出て、口の中が賑やかになるねえ。早速水飴を通販で取り寄せたよ。せんべいは君のところで通販してる？　ああよかった、注文させてもらうよ。

そう言っていたという。

「小田せんべい店では跡継ぎ問題はないねって羨ましそうだったよ」

「なも、弘毅の好きにさせればいい。継ぎたきゃ継げばいいし、継ぎたくねかったら継がねくてい」

よっしーがそう言った。

せんべい店まっしぐらなよっしーがそんなことを言うなんて、と弘毅は意外だ。

「そうは言っても、嬉しいでしょ父さん」

母が朗らかにからかった。よっしーはジッパーつき袋からせんべいを取ってかじる。

「はーお腹空いた」

芽衣姉ちゃんもせんべいに手を伸ばす。箸立てからスプーンを取って、赤い缶を開ける。温かみのある色をした水飴がキラキラと輝いている。それをすくってせんべいの真ん中にもりもりと載せると、もう一枚を合わせ、両手の指先でギュッとはさんだ。隣のなぎばあに袋を滑らせる。

なぎばあはせんべいを取りながら、

「弘毅もけ」

と、勧めた。

「うん、食べる」

なぎばあがせんべいの耳を折り取ろうとした。

「あ、そのままでいいよ」

弘毅は制する。

「いいってか？」

なぎばあが瞬きする。父ちゃんと母ちゃん、芽衣姉ちゃんも不思議そうな顔を弘毅に向けた。

よっしーがせんべいをかじる音とラジオの音だけが響く。

なぎばあが耳つきせんべいに水飴をたっぷり載せる。

「オレ、耳は型からはみ出した余計なものだから切り落とすんだと思ってた。だから食べたくなかった。でもよっしーがさ、課外授業でせんべいの耳は湿気を回さないようにするために切り落とすって教えてたじゃん。あの時は聞き流して……」

「聞き流すんでねえよオレのありがたい説明ば」

よっしーがぼやいて、せんべいをバリッとかじる。

「説明されても、どうしても、はみ出した余計なものっていうふうにしか考えられなかった。だけど」

弘毅はみんなを見回した。

母ちゃんと、父ちゃんと、芽衣姉ちゃんと、なぎばあと、そして膨れっ面のよっしー。みんなちゃんと揃っている。オレはみんなの中にいる。

それに、オレはお父さんと一緒に食べてたんだ。そして、オレはみんなの中にいる。

「耳は、余計なものじゃないって、今分かった。しっかり分かった」

セットしたもじゃ毛がいよいよ緩み始めた父ちゃんが、深く俯いて目元を手で覆《おお》った。

そんな父の肩をパシッと叩いた母は、赤い目で弘毅に微笑みかける。

芽衣姉ちゃんが弘毅に向かってキュッと親指を立てた。

なぎばあが目元にしわをいっぱい集めて飴せんべいを渡してくれる。

よっしーは一枚を食べきって、二枚目を取った。

弘毅はせんべいの耳にかぶりついた。香ばしい素朴な甘さと、ささやかな塩気。もっちりした耳とねっとりした水飴の食感。

耳も、食べてみると旨い。

「もちもちして小麦の味が濃い。これすごく香ばしかったんだね」

「んだべ」

せんべいを褒められたよっしーは、力強くにやりとした。

父が洟《はな》を啜って呼吸を整えると、改めて弘毅にお礼を言う。

「接待が上手くいったのは、弘毅のおかげだ。本当にありがとう」

「オレはなにもしてないよ。芽衣姉ちゃんの挨拶を真似ただけ。飴せんは母ちゃんが作ったものだし、そのせんべいはよっしーとなぎばあが焼いたものでしょ。水飴は父ちゃんの土産だ。

オレはなにもしてない」

「それを渡したのは弘毅だよ」

「それに、弘毅は家族の中で水飴みたいなもんね」

母が言う。

「なにそれ。甘いってこと？」

意味不明だ。

「家族をくっつけるってこと」

弘毅は飴せんを見る。

ふっくら膨らんだ耳同士が当たって、せんべいは二枚ぴったり重ならず隙間ができている。

そこに硬めの水飴がクッションのようにちょうどいい厚さで収まっていた。

「味わい深く賑やかになる。間にいると飽きない」

と母。

「飽きないってのは商いやってるところには一番大事だおんな」

なぎばあが納得する。

ふうん、と弘毅は首を傾げた。

遺影が目に入る。

写真の二人は笑顔だ。

弘毅が知っている二人はずっと笑顔でいる。

これから先もずっと笑顔なのだ。


夜。ベッドに入った弘毅は不思議な気分だった。

あんなに怒っていたし悔しかったのに、それらは消えている。すっかりまっさらとはいかないけど、そこにあってもいいよ、と許せるくらいには小さくなった。今は落ち着いている。

母ちゃんまで父ちゃんを責めたのには驚いたな。でも母ちゃんが責めなかったらなぎばあがもっと怒ったんだろうな。

それなら、母ちゃんがあそこで怒ったのはよかったかもしれない。父ちゃんだって、なぎばあに叱られるよりは母ちゃんに叱られてたほうが、なんぼか気が楽なんじゃないだろうか。

椅子の背もたれにかけているランドセルのお守りを見やる。

暗闇の中でも薄汚れていても、お守りは仄明《ほの》るくて、確かに見える。オレには親が四人いるんだな、と思った。


昼休み、校庭で弘毅は鉄棒にぶら下がっていた。鉄棒に背を預けている潤は手ぶらだ。越後と中村はサッカーボールを蹴り合っている。

昨日、まずいことにならなかった？　と潤が申しわけなさそうな顔をした。

「オレが家出したって大騒ぎになった」

潤の顔が青くなる。

「ごめん。ぼくが口を滑らせたせいだ」

弘毅はにやりとした。

「謝るなよ。潤のおかげで前よりずっとよくなったんだ」

そう言っても、潤はまだ顔を曇らせている。

「……小田君は小田せんべい店の子どもじゃないの？」

「うん」

潤が息を呑む。

弘毅は鉄棒から下りた。

「本当のお父さんとお母さんは宮城県で暮らしてて、大きな地震で死んだんだ。オレたちがまだ赤ん坊の頃にあっただろ？　授業で習ったやつ」

潤が弘毅を見つめたまま、ぎこちなく頷く。

「オレの死んだお母さんの姉ちゃんが、今の母ちゃんなんだ。父ちゃんも姉ちゃんも本当の家族とは違う。でも、よっしーとなぎばあは本当のじいちゃんとばあちゃん。オレは自分のお母さんもお父さんも知らない。オレが知ってるのは、今の家族だ。オレが思い出せるのはぜーんぶ、母ちゃんと父ちゃんと芽衣姉ちゃんとよっしーとなぎばあなんだ。だから本当じゃないけど、本当なんだ……上手く言えないけど」

潤はやっとほっとした顔をした。

「小田君が家出したことで、小田家のみんなは心配したんだね」

「うん、まあ」

「それって悪いなって思うけど、ちょっと嬉しいよね」

嬉しい。でも、弘毅は素直に認められなくて首をすくめるだけにしておいた。

足元に転がってきたボールを蹴り返す。越後が受け止めた。

「ずっと知らない振りしてきたけど、しっくりこなかった。もぞもぞした気分だった。オレが小さいから本当のことを隠してるんだと思ってた。大きくなったら本当のことを教えてもらえると思ってたんだ。でもでかくなるまで隠されてるより、チビの今教えてもらってよかった。だって知りたいのは今だったから」

「そっか」

「知ったからって、それじゃあチビのままでいいかと言うと、それは違う。やっぱりでかくなりたい。家族の中で一番の年下で、チビで、今までずっと守ってもらってきたけど、でかくなったら、逆になれるだろ。それってかっこいいじゃん」

潤が微笑んだ。

え〜、なんだってー？

越後が耳に手を当てて聞き返してきた。なんでもねーよと答える。いずれは越後や中村に明かすことになるだろうけど、今じゃなくていい。オレが伝える前に、おとなが喋って耳に入るかもしれないし。今は、母親と離れて暮らしている潤に知ってもらってるだけで十分だ。

「オレたちちょっと似てるよな」

弘毅は潤に言った。

潤は白い歯をこぼした。

「そうかも。ぼくんちは母さんがいないもんね。ぼくの場合、小田君に課外授業で小田せんべい店に誘ってもらったでしょ。あの時、みんなの中に入っていくのが、気が重かったけど」

潤は口を真一文字に結んだ。

「母さんは小田せんべい店のせんべいが好きだったなって思い出して、それなら、気が重いけど行ってみようって切り替えたんだ」

「気が重いのに来たんだ」

「うん、気が重いのに行った。それで、行ってよかった」

「気が重いことって良いことに変わるんだな」

弘毅は口先だけじゃなくて、体の奥から確かにそう感じた。

「春休みに小田君ちはどこかに遊びにいく?」

「父ちゃんが山菜採りにいこうってさ。山菜って知ってる? 草とか葉っぱなんだよ。興味ないよ」

弘毅は嬉しさを隠し切れない。「潤は?」

「ぼくは母さんのところへ遊びにいくんだ。母さんが三津駅まで迎えに来てくれるって」

「それって嬉しいよな」

潤を真似たら、潤は弘毅と違って、うん、と笑顔を見せた。

こういうところが、スポーツが特に得意でなくても女子からチョコレートをもらえる理由なんだろう。ちんこの大きさじゃない。

四章　薄胡麻と白

春休みになった。

よっしーは焼いていたすべてのせんべいを引き上げ、窯を空にすると、型からハンドルを抜き、レンガの熱くないところに置いた。

「はー、あだだだ」

腰を叩きながら土間に下りて家の奥へ行く。ぶら下がり棒に取っつくのだろう。

そばで携帯ゲーム機で遊んでいた弘毅と、読書をしていた潤はそれっとばかりに窯の前に並んで立つ。右側の三つの型を弘毅が担当。あとの二つは潤だ。

弘毅はよっしーが使っていたハンドルを使い、潤は三本ある予備から一本を選ぶ。

手を消毒し、一口サイズの餅を左端から次々型に入れ、順にふたを下ろす。下ろす端からハンドルを横にずらしてカチッカチッカチッとかみ合わせる。

弘毅が担当する右端の型は、気難しい。

今の今まで焼いていたよっしーが、火力を調節していたはずだが、それだけでは不十分で、香ばしい匂いとか、ふいに変わる焼ける音とか、耳の色づき具合とかそういうところに注意して、微調整が必要になってくる。だからこそ、上手く焼けるとやった！　と嬉しい。いいぞオレ、と自分を大いに褒める。誰かに褒められるのを待っているより、さっさと自分で褒めてしまう。
癖のある型の扱いも含めて、テンポよく作業が流れると気持ちがいい。

弘毅はせんべいを焼くのは悪くないと思い始めていた。

餅を型に置くぽてぽてぽて、という湿って柔らかな音や、焼けていくプッシューチリチリという音は耳に心地よく、手回し車が回転する軋み音も素朴で、懐かしい気分になる。

気づけば潤と息を合わせて焼いている。ピアノの連弾みたいだ。

その間、なにも考えていない。普段、なにも考えないのは難しいけど、せんべいを焼いている時は考えていない。いや、なにか考えているのかもしれないけど、ふと我に返った時に考えていたことは思い出せない。

せんべいの焼ける香りを嗅ぎ、焼けていくささやかな音を聞き、ただ一心に軋む手回し車を回すだけ。

焼いたものは、売り物とは別の箱に取り分ける。これは自分たちや家族のおやつになる。焼きすぎたせんべいの割合は五分の二。五分の三は上手くいくようになった。

焼けた順に、せんべいを取り上げ、箱目がけて放り込んでいたところ、一枚が床と窯の間に落ちた。

「ちょっとストップ」

弘毅は作業を一時中断し、隙間を覗く。

隙間に手を入れてつまみ上げる。埃がたくさんついてきた。隙間には他にもなにか見える。

「まだある」

「なんだろうね。取れそう？」

「うん、いけそう、お金かな」

さらに手を伸ばして拾い上げる。フッを息を吹いて粉を飛ばす。

「一〇円玉と一〇〇円玉だ」

窯の上の灰皿に入れる。

他に落ちているのは、ひびの入ったメガネや、珈琲の空き缶、赤い羽根だ。それらを灰皿の隣に並べていく。よっしーの歴史だ。

再び暗闇に目を凝らすと、短くて白い鉛筆くらいの太さの棒が見える。

「まだなんかあるぞ」

「無限に出てくるなあ。四次元ポケットみたいだね」

潤も弘毅の頭の上から覗く。

弘毅は窯のレンガに肩をつかえさせながら、目いっぱい手を伸ばして中指と人差し指でつまみ上げた。

「たばこだ」

「新品だね」

息を吹きかけ埃を払う。端っこが茶色い紙で巻いてある。匂いを嗅ぐ。

「おえっ。くっさ」

「え、どれどれ、ぼくも嗅ぎたい」

潤が鼻を突き出してくる。鼻の下にたばこを差し出した。潤は顔をしかめて顔を引く。

弘毅は足元のガスの元栓を見下ろした。ブロックで塞《ふさ》がっているが、あれを外せばすぐ炎だ。

「ぼくには君がなにをしようとしているのか手に取るように読めるよ。やめといたほうがいい」

「ちょっとくらい平気だって」

弘毅は跪《ひざまず》き、ブロックを除《の》けて、這《は》いつくばるようにして青い炎へたばこを近づけて火をつけた。そーっとくわえて吸ってみる。

激しくむせた。

「おえっ。辛いっ、苦っ」

「こらっ」

突如、脳天に硬い衝撃を受けた。鼻から煙が吹き出る。ますますむせる。涙がにじむ。

「一〇年早いよっ」

店にいたはずのなぎばあに拳骨《げんこつ》を落とされたのだ。開け放った仏間を突き抜け、ガラス窓越しにこっちのことを見ていたらしい。

「潤、オレの頭、無事？」

傍らで首をすくめている潤に確認する。

「パッと見は無事に見えるけど」

「よかった、爆発しなくて」

弘毅はなぎばあを恨めしく見やる。

「静かにしてたのに、なんで気づくんだ」

「弘ちゃんは昔っから静かにしてる時が一番やらかしてる時なんだよ。まーんつ、ろくなことしねっ」

「頭がくらくらする……殴られたからかな」

「たばこば吸ったすけよっ」

なぎばあが灰皿の小銭を前かけのポケットに空け、弘毅からたばこを取り上げ灰皿で揉み消す。

「なしたっきゃ」

よっしーが腕をぶんぶん振り回しながら戻ってきた。そのままぶん殴られるんじゃないかと危ぶんだ弘毅は、潤の後ろに隠れる。

「弘ちゃんがたばこば吸ったんだよ。あんた、どこさ置いてたんだい。もう長いこと禁煙してたってのさ」

「とうに捨てたべ」

「窯の下にあったよ」

弘毅は、えんっと咳払いをしながら指す。喉がイガイガする。

「そったとこさ隠してたんだね」

なぎばあが目くじらを立てる。

「隠してなんかねえわい。はあ、とっくに捨てたんだって」

「なぎばあ、そんなに怒んなくたっていいじゃん。オレはともかく、よっしーは立派なおとななんだから」

「ともかくってことは、悪いことしたっていう自覚はあるんだね。それとね、この人が立派だったら、そこの布団屋の猫だって立派だよっ」

「ばあさん、ばあさん。大体な、男たるものなんでもやってみにゃいかん。男ってのは冒険して男さなるんだ」

「冒険していいのと悪いのとがあるベッ」

店のほうからいらっしゃーい、と母の朗らかな声がした。母は耳切りをしている。

なぎばあが店に向かいかける。と、行きがけの駄賃とばかりに、弘毅に、釘を刺すように厳しい顔を向け、それから店へ戻っていった。

よっしーが手拭いを巻き直す。

「君のおじいちゃん、あんなことを言い返すなんて、やっぱりいいね」

潤がささやく。

「あげるよ」

「ありがとう……って、本当はあげたくないくせに」

潤がほのぼのと目を細める。弘毅は聞こえない振りをした。

二人の会話をよそによっしーは、

「おお、昔かけてらったメガネだ。弘毅が見つけだのか？」

窯の上のひび割れたメガネを取り、息を吹きかけて埃を払う。

「これも窯の隙間に落ちてたんだ」

「そったとごさあったってか。そりゃあ見つかんねはずだ」

今かけている『ガムテープ補修仕立てメガネ』を取り、拾ったメガネをかける。それには払いきれなかった埃がくっついているし、レンズのひびにも小麦粉が入り込んでいる。

粉まみれの真っ白でひび割れたメガネをかけて上下左右を見回す老人を前に、潤は肩に口を押しつけて肩を震わせた。

「よっしーもなぎばあも、メガネをかけて新聞を読むくせに、メガネをかけなくても離れたところにいるオレが見えるんだな」

弘毅は頭をさする。「力の限り殴られた」

「歳取れんば、遠くが見えるようになる」

腰に手を当て胸を反らすよっしー。

「遠くばっかり見たってしょうがないじゃん」

「バカっこが。遠くが見えれンば、迫りくる死神をいち早く察知できるべな」

「死神？　よっしーたちには死神が見えるの？」

「ああ。こっちゃ用もねえのに見えるようになんだよ」

「嘘でしょ？　ほんとに？」

「おめえはまだガキだすけ見えねえんだ。歯も毛もねぐなって耳も遠くなる代わりに、そういうのは見えるようになるもんだ」

もっともらしく言う。

潤は、おじいちゃんくらいの歳になったらそういうこともあるのかもしれないよ、と考察を述べる。なにしろ自分たちは一〇歳で、七七歳になった自分たちのことなど想像もできないのだから。

「ふうん、いいなあ」

いいべ～、と羨ましがらせながら、よっしーは灰皿を覗いてあれ銭コがねえぞ、とちょっと悲しげな顔をした。

七七歳になっても小銭がなくなると悲しむのか、と弘毅は意外に思う。

作業場から見えるお客さんは、梅田のおばあさんだった。若葉という名前のはずだ。背後に軽トラが止まり、運転席におじいさんの姿も見える。こちらは豊《ゆたか》という名前だ。

呼ばれたわけではないよっしーが出ていく。

「そっちに薄胡麻せんべい、あるー？」

母が弘毅に尋ねる。こちらの木箱にはよっしーが焼いた薄胡麻せんべいが盛り上がっている。弘毅と潤は木箱の両端に手を引っかけ「せーの」で持ち上げる。

運んでいく二人の後ろからよっしーがついてくる。

「おめえ、まンだ生きてらったってか」

早速よっしーが若葉さんをおちょくる。

若葉さんは、

「つい二、三日前に会ったばっかりでねえか。はあ、耄碌《もうろく》したど？　よっちゃんこそ相変わらず愛想の欠片《かけら》もねえむっさい面して店に立ってんだね。そんなんじゃ客が来ねべ。なぎさささんも苦労するねえ」

と返して、袋詰めしているなぎばあに笑顔を向ける。

なぎばあは苦笑いを返す。手は止めない。ささっと袋に詰めると薄胡麻せんべいを数枚おまけして、若葉さんに差し出した。

よっしーは店の窯で焼き始める。動きにキレがある。

弘毅たちはなぎばあのそばに木箱を置くと、空っぽになった木箱を抱え上げる。

弘毅と潤は声を揃えて、いらっしゃいませ、と挨拶した。

「おや弘ちゃん……と、お友だちかい？　二人ともお手伝いえらいねえ」

目尻のほくろを柔らかく潰して、若葉さんが微笑む。褒められて、殴られた頭のズキズキとくらくらも消える。潤も礼儀正しく頭を下げた。

「今日は畑から帰ってくるのが早かったんでないかい？」

なぎばあが若葉さんに尋ねる。

「健診だったのせ。朝まんま、食《か》ねで来るように言われてたすけ、おしっこも血も出が悪くて、えらい時間がかかっちゃった。もうお腹ぺこぺこだんだに」

あはははとおとなたちが笑う。

「今日は若葉さんの病院だったんですか？」

耳切りをしながら母が尋ねる。

「んだ」

若葉さんが頷く。

弘毅は視線を軽トラへ向けた。ダッシュボードに大きな半透明のビニール袋が載っかっている。いくつもの処方箋の袋が透けていた。

運転席の豊さんと目が合う。弘毅は会釈をする。おじいさんは穏やかな表情で、キャップをちょっと浮かせて挨拶を返してくれた。

「豊さんが送り迎えしてくれるなんて、いいですねえ。お姫様じゃないですか」

「なんもなんも。しょうがねえのよ。あたしんちのほうさ来るバスぁ、一日二本しかねえんだもの。それ乗り遅れちゃったらタクシーだよ。タクシー代なんぼかかるって。うちは山奥だすけ、高ぇよぉー」

「山だけに」

母が言って、また笑いが起こる。

「どこの案配ぇが悪いかい？」

なぎばあが具合の悪いところを尋ねる。

「あっちもこっちもだあ。まなぐぁ見えねし、耳ぁ聞こえねし、入れ歯ぁ合わねえし、手は関節炎だ。歳取れんばしょうがねえな」

「んだな、しょうがねえなあ。あたしも腰だの膝だのが痛むよ。血圧も」

「高ぇべ。あたしもだよ。血圧血糖値コレステロールみーんな高くて、低いのは年金ばしだ」

「血糖値とコレステロールが高ぇったって、若葉さん、随分と痩せでるべ」

「骨皮筋子でも高くなるもんだ。まあ、たばこ農家の癖に言うのもなんだども、たばこがいぐねがったのかもね」

「今も吸ってらの？」

「いやあ、今はもうやめだ。だども長い間吸ってらったすけなあ」

なぎばあが、じろりと弘毅を睨んだ。弘毅は頭痛とめまいがぶり返し、潤の後ろに隠れる。

世間話をしている間、よっしーは窯の軋み音も軽やかに元気いっぱいに回し続けていた。

薄胡麻せんべいを手に、梅田老夫婦が帰ると、よっしーは腰をさすって窯の前から離れた。

ぶら下がり棒にまっしぐら。弘毅と潤はよっしーを見送る。

なぎばあは空いた窯の前に陣取ると、よっしーのほうを見もせずに「張り切りすぎちゃって」と呆れた。

吹き抜ける風はまだ冷たいが、町を囲む白と茶色だった山から白が消え、緑が加わった。

公園で遊んだ後、越後はサッカークラブ、中村は塾へ行き、弘毅と潤は一緒に帰って来た。側溝のふたの上を歩くと、かこんかこんと音が鳴る。冬と違って良く響く。「側溝に雪を捨てないでください」という看板が砂埃まみれになっているのを見たり、田んぼの土手にフキノトウが密生しているのを見たりすると、春だなあと思う。鳥の声もいつの間にか変わっていた。冬は脱肛《だっこう》するんじゃないかと心配になる程、気張ってつんざくような鳴き方をする鳥が多かったが、地面がぬかるみ緩んでくると、丸っこい鳴き方をする鳥が増える。

「ずっと春休みだといいなあ」

弘毅は万感を込めて言う。

「そうだね」

と潤。

「潤、母ちゃんとこに行ったか?」

「うん」

楽しい報告をしてくるんだろうと覚悟をしていたが、潤は続けようとしない。予想した笑顔もない。

「楽しかったか?」

「え？　あ、うん」

「なんだよ。もしかして、オレに気を遣ってんのか？　そんな必要ないからな」

潤は目をパチクリする。

「遣うわけないじゃん」

「ちょっとは遣え。だったらその歯切れの悪さはなんなんだよ。それでも歯医者の息子かよ」

潤はちょっと笑った。

だんだん潤の歩みが遅くなる。会話も途切れる。潤に歩調を合わせて歩いていた弘毅は退屈になってきた。「側溝のふたの上を一枚飛ばしで行かないと死ぬ」という設定を作ってジャンプしながら進み退屈を紛らわす。

松田歯科医院の前まで来た時、潤が足を止めた。デイパックのベルトを両手で握る。眉が寄っている。意を決したように眉に力を込めて息を吸い込んだ。

「小田君、あのね」

顔の薄くて白い皮膚が、神経質なほど繊細でちょっとしたことで裂《さ》けそう。

その様子に、弘毅はわずかにたじろいだ。

医院のすりガラスの窓を通して、この世で五本の指に入る不快極まりない音と声が聞こえた。

キーーン。ぎゃああ！

子どもの絶叫だ。

弘毅は首をすくめて「なに」と聞いた。

「あのさ、ぼく……」

キーーン。ぎゃああ！　痛ああい！　いやあ！　キーーン！　ごめんなさあい！

「なに!?」

聞いてるだけで痛ああい！　ごめんなさあい！　だ。

思わず弘毅は耳に指を突っ込む。赤ちゃんっぽいとか、そんなのもうかなぐり捨てた。

潤の口が動く。多分「あのさ」と言った。いや、あほか、と言ったか？

「なんて!?」

と聞き返した。耳に突っ込んだ指を抜く気はない。

「あのね」

「はあ？　なに、聞こえないっ」

「あーのーねえ！」

「なにー？『あとで』？　全っ然聞こえねーんだって！」

「……ううん、なんでもない。じゃあ」

潤は肩を落としてとぼとぼと医院の裏手へ向かった。

「また明日な！」

弘毅はその背中に告げて、医院からそそくさと離れる。

なんだったんだ？　言いかけたら、あとでって言うより、同じ口で今言えばいいのに。


次の日だった。

公園の四人がけテーブルで、潤がポツリと口にしたことを聞いて、少年三人は、え、と言ったきり言葉もなく、潤を凝視した。

ふれあい公園は、犬の散歩をしている人やボール遊びをする子、鬼ごっこをする子などで賑わっていた。向こうのベンチでは、おけいこバッグを下ろして話をしている杏里とまなかの姿もある。

まだ音程が安定しないウグイスの声が響き渡っていた。

四人はサッカーをしたあと、木製のテーブルを囲み、おやつでお腹を満たし、ペットボトルのジュースで喉を潤《うるお》した。

そのあと弘毅と越後はブランコに移り、中村と潤はそのままテーブル席に座っていた。

そこで潤が、「ちょっといい？」と口火を切ったのだ。

「再来月？」

しばらくして中村が口を開いた。

「再来月って五月？」

と、越後。

「うん、ゴールデンウィークの最終日」

潤がぽつりと答える。ペットボトルのふたを開けたり閉めたりしている。

「どこに引っ越すって？」

と、越後。

「宮城県の仙台市」

宮城県と聞いて、弘毅はヒヤリとする。

「宮城県の仙台市ってどこ」

越後が、ブランコのチェーンに腕を絡《から》め、首を傾げる。

「宮城県の仙台市だろ」

と、当たり前のことを述べる中村。だからどこだよ、と越後がブランコを揺すり、中村がため息をついてポケットからスマホを取り出し検索して、見せる。

「そこ、危ないぞ」

弘毅はやっと声を出せた。

越後と中村が、なんで？　と尋ねる。

潤には親が震災で死んだことを明かせたが、ふたりにはまだ明かせていない。いずれその機会は来るだろうけど、今じゃない。

「そこって、海が近いんじゃないの」

弘毅は、自分が潤を心配しているのか、それとも脅しているのか分からなくなってきた。

潤の顔が神経質にピクリとした。

「……ぼくが住むのは青葉区っていって海から離れているんだ」

中村がさらにスマホを操作して地図を見せてくれた。確認して、弘毅はホッとした。同時にチャンスを逃したような気もした。津波が来そうなところなら、ここにいたほうがいいんじゃないと言えたのに。

「転校なんて、いきなりだね」

中村がスマホをポケットにしまいながら言う。

「実は、急じゃないんだ。前からそういう話は出てたんだ」

「オレたちが知らされたのが急だってことだよ」

弘毅の声音にはっきりと非難が表れた。潤が身を固くする。

「転校の話が出たのっていつなの？」

中村が話を進める。中断していたスナック菓子も食べ進める。

「この間、母さんのところへ行った時」

「え？　別々に暮らしてんの？」

越後が目を見開き、中村もスナック菓子へ伸ばす手を止めた。

「そうだよ。リコンしたんだ」

潤は淡々とした口調だ。

「父さんと母さんの間では、母さんが仕事を見つけて落ち着いたら、ぼくを引き取るってことで話はついてたんだって」

「松田の知らないうちにか」

「潤のことなのに。親って、そんなにえらいのかよ。宇宙でも造ったのか？」

越後と弘毅は不満を吐く。

「まあ、一人一人に宇宙があるという考えもあるから、さらにそうするとぼくらがこの世に生まれた時点で宇宙ができたということになって、そうすると母親が一つの宇宙を造ったとも、言えるかもしれない」

中村がメガネを上げて語る。

越後はブランコごと体をねじって「中やん、お前の話は一個も分かんねんだよ」と吐き捨てた。

中村は緩く頭を振って、ため息をつくと再びスナック菓子を口へ運び始める。

「歯医者の先生……松田のお父さんはそれでいいのかな」

「あの先生、マスクしてメガネをかけんのに、メガネが曇らないよな。息が冷たいんじゃないの」

と越後。曇らないマスクがあるんだよ、と中村が教える。弘毅と越後は揃ってへえ、と感心した。

「歯科医院はどうするのかな」

と、中村。広く心配するやつである。自分のことも心配してスナック菓子を控えるとかすればいいのに、と弘毅は思うが黙っている。

「どうするって、なに?」

「跡継ぎだよ」

越後が首を傾げる。

「お兄ちゃんが継ぐよ。そのために大学に行ってるから」

中村と越後が、それならよかったな、と声を合わせた。

一個もよくない！

「転校のこと、もっと早く教えてくれてもよかったじゃん」

つい、潤を詰《なじ》った。

潤が眉を寄せる。

「言おうと思ったんだけど、タイミングがつかめなかったんだよ」

「そんなわけないだろいつも顔合わせてるんだから。のろま！」

あまりに悔しくて、バカみたいな言葉を吐いてしまった。

「弘毅」

中村がやってきて弘毅の肩を押さえる。

そうされるといよいよ気持ちがイガイガしてきた。

「潤は置いてかれるやつの気持ちなんて分かんねんだろ！」

そう吠《ほ》えると、潤の目つきが変わった。目が赤くにじんでくる。小鼻が広がった。

「分かるよ。ぼくだって一回は母さんに置いていかれた口だからね」

「まあまあ、おっ母のところに行けるんだから、明るくいこうぜ」

越後が潤の気を引き立て、ブランコを漕《こ》ぎ出す。

「そうだよ。よかったってことでいいだろ」

中村が弘毅をなだめてくる。

潤は弘毅をちらっと見る。その控え目でありながら、しっかりこっちを窺う様子が弘毅の堪《こら》えていた腹立たしさを爆発させた。

「裏切り者！」

弘毅は荒々しい音を立ててブランコから立ち上がると、公園から走り出た。

走って走って、松田歯科医院の前を通りかかった。相変わらずキンキンと板金屋のような金属音を立てている。

足を止めて、そのすりガラスに向かって「バ――カ！」と叫んでやった。

店の前に止まっている軽トラを避けて家に駆け込み、土間を一息に突っ切ろうとした時、

「おかえり」

せんべいの耳切りをしている母が声をかけてきた。弘毅は無視する。呑気にただいまなどと返す気持ちの余裕はない。

よっしーが店の窯でせんべいを焼いているようだが、窯の陰になっていて見えない。

「これっ弘ちゃん、お客さんにご挨拶」

なぎばあに言われて、弘毅はお客さんを振り向く。

お客さんは若葉さん。軽トラに視線を移せば、運転席には豊さんがいた。

「いらっしゃいませ」

「はい、いらっしゃいました」

若葉さんがにこにこと応じてくれる。いつもなら弘毅も笑顔になれるが、今日は無理。梅田老夫婦に頭を下げただけで奥へ進んだ。

仏間の前を通る。左端のカラー写真をチラッと見て、一旦は視線を落としたが、また上目遣いに射貫いた。二人は笑っている。弘毅は拳を握った。

よっしーの作業場の前を通りかかる。安江さんが一人で袋詰めをしていた。

「弘ちゃん、おかえり」

「ただいま」

ムッとしつつも他人には挨拶する。そのまま台所へ足を向けた弘毅に安江さんが、

「クリームパン食べる？　おやつに持ってきたんだけど余っちゃった。芽衣ちゃんの分も残ってるから安心して」

と言う。もちろん足を止める。当然手を差し出す。

安江さんはビニール袋に入ったクリームパンを弘毅に渡した。

ビニール越しにふわふわなのが伝わってくる。見た目より重い。カスタードクリームが相当入っているのだろう。

弘毅はムッと口を尖らせたまま、お礼を言う。

安江さんがぷっと笑う。

「不機嫌全開だねぇ、弘ちゃん。なにかあったの？」

「なにもないです」

「友だちとなんかあったんでしょ」

弘毅は目を見開いた。口のとんがりも引っ込む。

「すごい。なんで分かるの」

「そりゃあ、遊びから帰ってきてムッとしてたらそう思うでしょ」

「友だちのことじゃないかもしれないのに？」

「違うって言われたら、『じゃあ公園でなにかあった？　帰り道でなにかあった？』って別のことを聞けばいいだけよ。そのうち当たるわ」

弘毅はおとなってずるい、とまたムッとした。ムッとしたけどクリームパンはしっかり握ったまま。返すつもりはない。

「潤の母ちゃんと父ちゃんがずるいんだ。勝手にリコンして、勝手に潤を引き取ることに決めて、潤は転校するんだ」

「あら〜、そうだったの。それは残念ね。でも友だちなら他にもいるでしょ」

「いるよ。でもそうじゃない。越後と中村。友だちは他にもいるけど、潤っていう友だちは潤だけだ。越後っていう友だちも中村っていう友だちも、どっちも一人だけだ」

言いたいこと通じてるかな、と弘毅は若干疑う。安江さんはふうん、と小首を傾げた。

こんな大変な問題なのに、あっさりした反応をされたものだから、弘毅は不満を抱く。

店から五人の笑い声が聞こえてきた。弘毅はそちらにチラリと視線を走らせる。

「義男さんと豊さんと若葉さんも、友だちだったらしいよ」

安江さんが言う。

「うん。小学校の頃からでしょ」

弘毅はよっしーのことに関しては負けてはなるまいと対抗意識を燃やす。

「それに、よっしーは八歳の頃からせんべい焼いてるんだ。子どもの頃、チョコレートを親から買ってもらって、兄弟で一枚を分けたんだって。自分で買えるようになって、一枚まるごと食えたのが嬉しかったたってさ。一欠けだけ残したチョコレートをもらったって。でもそれをお父さんに言ったら殴られたんだって」

「分かった分かった。すごいね、弘ちゃんは義男さんのことよく知ってんのね」

「そう」

弘毅は気持ちが落ち着いた。

改めてよっしー、若葉さん、豊さんを見た。

「……ずっと一緒でいいな」

なのに潤は、母ちゃんのところへ行くんだ。こんな急にそんなことを言うなんてオレたちをバカにしてる。

台所に入り、ミロをマグカップに振り出して牛乳を注ぐ。勢いがよすぎてあふれた。舌打ちが出る。レンジで加熱している間に、こぼれた牛乳を布巾で拭き、鬼のように熱くなったマグカップを布巾で包んで慎重に取り出す。食卓テーブルの席に着く。

マグカップからもうもうと立ち上る湯気を見つめる。

母ちゃんのところへ行くってことは、父ちゃんを置いてくってことだろ。どっちも本物なのに、なんで別々になんなきゃいけないんだ。なんで潤は本物の父ちゃんを置き去りにして行けるんだ。

それに、それって贅沢ってやつだろ。

それにそれに、今まで一緒にいた父ちゃんやオレたちを置いて、母ちゃんのところにさっさと行くわけだろ。それって、あいつどういう神経してんだってやつだろ。

ミロをフーフー吹いて啜った。

熱くて甘いミロがカッカしていた感情も一緒に引き連れて体の真ん中を落ちていく。

潤はオレたちと離れて平気なのだろうか。「ぼくだって一回は母さんに置いていかれた口だからね」って言ってたけど、その時、どう思ったんだろう。

オレも両親に置いていかれた口だ。でも、悲しくはない。分かってなかったんだもん。小学校に入る前に、死んだことは知ったけど、ぴんと来てなかった。

だんだん理解してきた時には、一年も二年も繰り返し考えてきたことと、家族のみんなの芽衣姉ちゃんに対する態度とオレに対する態度が同じだったおかげで、ショックも小さかった。

だんだん、というのはいきなりよりショックが小さくてすむんだな。

でも潤は去年、置いていかれた。しっかり分かっている。

生きているのに離れなきゃならないのと、死んじゃったから離れなきゃならなかったのとどっちがいいのか。

そう比べているうちに、比べていることがとてもショボく思えてきた。

オレが詰ったら、あいつ、しょんぼりうなだれた……。

母ちゃんに置いていかれて、今度は父ちゃんを置いていかなきゃなんなくて、そこに来てオレが非難した。

自分がどこかしくじったような気がしてきた。

何十回目かのため息をついた時、芽衣姉ちゃんが帰ってきた。

春休みなのに図書館で勉強しているのだ。あの工藤渉とかいう高校生と一緒に違いない。なぜなら、出かける時は、学校に行く時の倍以上の時間を洗面所で費やしているから。前髪をつまんで右に向けたり左に向けたりしている。どっちに向こうとどうだっていいじゃないか、よっしーなんて左右に振り向ける前髪自体がないんだぞ。難しい勉強をしているはずなのに、そういうくだらないことに血道を上げるのはどういうつもりなのだ。

「どうしたの弘毅。一丁前に頭なんか抱えちゃってさ。おやつに不満でもあるの？」

芽衣姉ちゃんが頬っぺたをさすりながらからかってくる。

「オレが頭を抱える時はおやつに不満がある時だけなのかよ」

「限定はしてないでしょ。ぶら下がり棒争奪戦に負けが込んでるとか、チビだとかいうのもあるもんね。背は小さいのに悩みは大きくて大変ね」

弘毅は再び頭を抱える。

部屋に行くかと思われた芽衣姉ちゃんが、珍しく弘毅の前に座った。弘毅はクリームパンの袋を開けようとして、芽衣姉ちゃんがそれを手にしていないことに気づいた。

「芽衣姉ちゃん、クリームパンは？　もらわなかったの？」

「安江さんがくれようとしたんだけど、ダイエット中だし、歯医者帰りだからさ、遠慮したの」

頬をさする。

「ふうん」

「あたしに遠慮しないで食べな。あんた、友だちとケンカしたの？」

「安江さんから聞いたの？」

「え？　てことは安江さんも同じこと察したんだ」

「てことは、安江さんからは聞いてないのか。じゃあなんで見抜けるんだよ」

「一応、小学四年生は経験してきてるのでね」

「潤がゴールデンウィーク明けに引っ越すんだって」

弘毅はパンの袋を破る。カスタードクリームが強く香る。急にお腹が減ってきた。かぶりついたそれは、鼻まで埋まるほどふかふか。ミルク感が濃いカスタードクリームがあふれる。

「潤って？　歯医者の息子の？　せんべい焼きに来てた子？」

「うん」

パンの柔らかさと甘さとクリーミーさに気持ちが平《なだ》らかになってきた。

「あー、はいはい。なるほど」

芽衣姉ちゃんは一人で納得する。

「なんだよ」

「さっき、歯医者の受付のおばちゃんとお喋りしててチラッと聞いたの」

「なにを?」

「あ、そうだちょっと聞いてよ。あのさー、待合室にいる時に外から『バーーカ』って怒鳴ったバカがいたのよ。公衆の面前で叫んだのよ。恥ずかしいよねえ」

弘毅はむせた。芽衣姉ちゃんが顔をしかめ、弘毅のミロを差し出してくる。

少し冷めたそれを口にして一息ついた。

「それで、なにを聞いたの」

「ああ、そうそう。あのね松田歯科医院って建物の造りが、診察室とはドア一枚隔《へだ》てて自宅になってるでしょ。受付のおばちゃんに、『ドアの向こうから、先生と息子さんの声が聞こえてたらごめんなさいね』って謝られちゃって、こっちは歯医者の怖さでそんなことに気を取られてる余裕はなかったんだけど、そうは明かせないじゃない。だから、いいえ気にしてないですよって答えたわけ。まあこっちに聞こえてくるくらいの話し声だったんならひょっとして揉めてたのかな、と推測できるじゃん。だからいろいろありますねって言ったの。そしたら受付のおばちゃんが治療室のほうを気にしながら小声で教えてくれてさ。転校する話が出てたんだけど、潤君が嫌だってごねてたそうよ」

「ごねてたの? それほんと?」

弘毅は驚いた。

芽衣姉ちゃんは顎を引く。

「ほんとだよ」

弘毅は深呼吸をして、体の中の空気を入れ替えるように全力で吐き出した。

あいつ、抵抗したんだ。

クリームパンを伸び伸びと頬張る。

やっぱりちょうだい、と芽衣姉ちゃんが手を差し出してくる。弘毅はちょうど半分に割って渡した。

「歯医者帰りとダイエットはどうなったの」

「あんたと喋ってる間に、口の中の具合はよくなったし、甘いものは別腹ってことを思い出しただけ。別腹ならあたしのダイエットには関係ないでしょ」

弘毅は首をひねる。

「潤君、ごねても結局は転校になったんだね。しょうがないよね。小学生じゃ、親の言うこと聞かなきゃいけないもん。でも急じゃない？　ゴールデンウィークなんてあっという間だよ」

「あっという間じゃない。まだまだ先だ」

自分も芽衣姉ちゃんと同じように急すぎると罵倒していたのだが、その意見をひっくり返していた。

食べ終わって台所から出ると、よっしーが店から引き揚げてきて作業部屋の窯を動かしていた。

弘毅は入り口に立って、よっしーに潤の引っ越しを伝えた。本当は真っ先に伝えたかったのだ。

よっしーは、急だなと驚いた。その反応は弘毅の気持ちを汲《く》んでくれたが、次のよっしーの言葉にはぽかんとさせられた。

「ここの町もいい町だども、よそさ行ってみるのも悪かねえべ。ま、なんでも経験してみることった。そうせば、おもしれぇことさ行き当たったりもするはずだ」

と、弘毅の予想と期待の斜め上をいく意見を出してきたのだ。

折を見て母やなぎばあにも伝えたが、母は「あら～、学期の途中から転校かあ。潤君大変だね。向こうで友だちが早くできるといいね」と潤を案じ、なぎばあは「お母さんは仕事が見つかったんだべか。母子家庭さなるんだべ？　仕事見つけて、ほれ、役場さ申請どかしねばなんねんだべ」と母親と手続きを気にしていた。


店の前のひび割れた県道を、車がぽつりぽつりと走り抜けていく。その合間を縫《ぬ》うように野鳥の声がこだまする。ウグイスは、まだ調子っ外れだ。

店は、いつも開け放っている掃き出し窓を、今の時期は砂埃対策として細く開けている。なぎばあがせんべいを焼き、安江さんが耳切りと接客を兼任し、弘毅は掃き出し窓に並べた木箱の商品を整える手伝いをしていた。

梅田さんちの軽トラが止まった。

運転席から黒い長靴をはいた豊さんが降りてくる。若葉さんの姿はない。

「いらっしゃい。珍しいね豊さんだけが御来店なんて」

なぎばあが意外そうな顔をする。豊さんは穏やかな面持ちで片手を軽く上げた。

「おう、じじい」

よっしーがズボンを揺すり上げながらサンダルをペタペタ鳴らして奥からやってきた。軽トラの助手席を見て、辺りを見回し、それから豊さんと向かい合った。ズボンから手を離す。ズボンが少し落ちた。

なぎばあがせんべい筒に入った薄胡麻せんべいを手にして「いくついる？」と尋ねる。

「今日は白せんべいを」

豊さんが答える。初めて豊さんの声を聞いた。深く低い声が掠れている。力がないけども、もともとそういう話し方なのだろうか。

なぎばあが手を止め、しげしげと豊さんを見上げた。それから白せんべいを袋に入れて渡す。

精算がすむと、よっしーは、まあ上がれと誘った。

「なも、ここでい」

豊さんは遠慮した。

「オラたばこ吸いだすけ、ヤニ臭せがべ。食いものば扱ってるとこさ入るわけにゃいかね。若葉からもそう言いつかってる」

弘毅は、友だちなのに遠慮する豊さんが不思議だ。

「豊はかかあの言いなりだな」

よっしーが冷やかす。

豊さんはどこか申しわけなさそうに微笑んだ。それから深々と息を吸う。

「ここは粉の匂いがするなあ。義男も粉の匂いが染みついてるべ」

「どんだべ？」

よっしーは自分の袖を鼻に近づける。首を傾げた。

豊さんが店内を見回した。

店の片隅には、宅配伝票が貼られた段ボール箱が重ねられており、仏間ではファックスで注文票が流れてきていた。お客さんはひっきりなしだ。

「店は順調みてだな」

「まあな。オレの腕がいいすけな」

しっかり自慢したよっしーは、「おめだぢのおかげもある」とつけ加えた。

「ん？　オラだぢぁなもしてね。買いものだって少しだ」

いや、とよっしーは首を振った。

「せんべい筒さ小分けして売るのば勧めでもらった」

「そったことあったっけか。いづ頃だったたっけ」

「モータリゼーションの波が起ぎだ頃だ」

「へば、昭和三〇年代頃だなぁ」

「んだんだ」

と、よっしーが頷く。

「こった小せぇ町さもその余波は来たおんだ。それまでぁ一斗缶《いっとかん》さ三六〇枚くれぇ入れで売ってらったせんべいば、車だばちょこちょこ来れるようになって買い溜めしねくてもいくなるし、遠くの町から車で来るようにもなるべって、そんなら土産として周りさ配れるようにって小分けさして売ればいいって、オレさ教えでけだべ」

豊さんは懐かしそうに目を細めた。

「ああ〜、確かにそったこともあったなあ。だどもそれば勧めだのは若葉だべ。大手がやってらったのを、小田せんべい店でもやるように提案したって言ってらったおん」

「ま、どっちでもいいべ。袋の準備ば始めて、実際に売り始めだのは昭和四〇年だったな。おかげで、半減していた売り上げがV字回復できた。あの助言ばいつも気に留めてだったすけ、仲間がインターネットのなんちゃらかんちゃらやるべって言い出した時も、それさ乗れだじゃ」

「この小田せんべい店はうまぐ生き残ったども、あの頃は、町さ一〇〇軒以上あったせんべい店が次々ど畳んでいったもんなあ。寂しがったもんだ」

豊さんは通りを眺める。

「だども義男、おめ、自動化はしねがったな」

「するつもりだったども、騙されだんだ」

「なんてな!?」

「時代の変わり目にゃ、必ず詐欺が出てくるおんな。それで借金背負ってよぉ。うぢのとも話し合って、手焼きのまんまでいいんでねかべかってことさなったんだ。売り方は変わっても、せんべい自体はなにも変えでね。それにやっぱしオレは自分で焼くのがおもしれぇ。楽しみを機械さ奪われるのは嫌だな」

弘毅が耳を傾けていると、豊さんが振り向いて弘毅に教えた。

「オラたちが子どもの頃は麦ば一升〜二升、あの頃、搗屋《つきや》って呼んでたせんべい店さ持っていって、一斗缶のせんべいと替えてもらったもんだよ」

弘毅は「賃餅みたいですね」とたとえを出した。

「ほぇ。よく知ってらったね」

感心され、弘毅はちょっと得意になる。

「米を店に持っていって餅にしてもらうんですよね。学校に行く途中にあるパン屋さんが、お正月が近くなると『賃餅』って書かれた紙を貼り出すから」

その時期になると越後はとてつもなく喜んで「チンモチ」「チンモチ」と連呼することは、この場の空気のために内緒だ。

豊さんが腑《ふ》に落ちた顔をした。

「よく町ば見でるね。商人の子だ」

その豊さんが腕時計を見て、「そろそろ行かねンば」と背を向けた。肩がすとんと落ちて頼りない。

ふと、潤が男子高校生を呼び止めた出来事が思い出された。

潤にはびっくりさせられたけど、確かにあの時の工藤渉君にはそのまま行かせちゃならないような気配があった。豊さんには同じ雰囲気がある。

よっしーを振り向くと、豊さんの背を見つめて、口元をもぞもぞさせていた。

弘毅は潤がそうしたように、

「梅田のおじいさん」

と呼び止めた。

豊さんが足を止めて振り向いた。いつもの穏やかな顔が陰《かげ》っている。

よっしーが、

「今日は、かかあ天下のかかあはどした」

と、水を向けた。

弘毅は、もしかして潤の家のようにリコンしたとかでは、と不安になりかけた時、豊さんがぽつりと呟いた。

「入院したじゃ」

豊さんを見送った弘毅は、自分の窯でせんべいを焼き始めたよっしーに確かめた。

「入院はかわいそうだけど、病気が治ったら退院するんでしょ」

「どっちにしろ退院すべ」

「どっちって……？」

　よっしーは手回し車を回転させる。キイキイという音がやけに耳につく。

「豊のかかあは根性が悪ぃすけ、長生きするべ」

「根性が悪いってのはひどい言い方だけど、長生きはするよね。だって、この間までここに来てたんだから。にこにこしてたんだから」

　弘毅はよっしーの横顔を見て、型からはみ出るせんべいの耳を見てまた、よっしーを見た。

「豊さんは、本当は白せんべいが好きなのかな。若葉さんはいつも薄胡麻を買っていたけど、それを豊さんは我慢して食べてたのかな」

「薄胡麻ばばあが入院したすけ、鬼のいぬ間だと思って好物の白せんべいを食うってか」

　よっしーの声に皮肉を感じた。どうやら弘毅の予想にカチンと来たようだ。

「違うの？」

「豊はそったものの考え方ばするやつじゃねえ」

「ごめん」

「豊もかかあも薄胡麻しか食《か》ね。白せんべいはかかあさ食《か》せるんだべ」

「若葉さんに？　なんで？　薄胡麻が好きなんじゃないの？」

「米の代わりに白せんべいの粥《かゆ》っこば食《か》せるんだべ。昔はよく病人だのにそうやって食《か》せだもんだ。白せんべいが一番いい。わんつかな塩気がちょンどいくて、ぐずぐずに柔《やわらか》ぐなるすけ消化さもいいすけな」

焼き上げたせんべいを木箱に移していく。全部白せんべいだ。

公園は今日も賑わっていた。犬は散歩しているし、滑り台は順番待ちだし、向こうのベンチでは杏里とまなかが喋っている。

弘毅たちはボールを蹴り合っていた。

ボールが回ってきても、弘毅はどうしても潤にパスできなくて、越後と中村にばかり返してしまう。そんな自分にもどかしさを感じる。

潤も越後か中村に向けて蹴っている。自分がこのメンバーの一員としてここにいてもいいのか、といったよそ者感満々で弱いパスばかり出していた。

そういう姿は弘毅の中に意地の悪い感情を湧かせ、気持ちをふさがせてきた。ここにいていいに決まってんだろと言いたいが、罵《ののし》った手前、今更そんなこと言えないし、癪《しゃく》に障《さわ》る。言うチャンスもない。それで、ずっとくすぶり続けている。

越後からのボールが、弘毅の足元を通過した。

ボールを目で追った先に杏里とまなかがいた。おけいこバッグを肩にかけ剣呑《けんのん》な目つきで詰め寄ってくる。

「ちょっとあんたたち。さっきから見てれば、なんなの。潤君をいじめてるわけ？」

そうきたのは杏里だ。

「はあ？」

弘毅はカチンときて一歩前に出た。中村に肩を押さえられた。越後は弘毅の代わりにボールを追いかけていく。

「いじめるわけないでしょ」

中村がメガネを上げて肩をすくめる。

「でも様子が変だよ」

と杏里。

「変ってなんだよ。詳しく言ってみろ」

「弘毅、変なのはお前だ。そんなに怒ることないだろ」

中村が弘毅に耳打ちする。

——春休み前に潤の転校の発表はなかっただろ。杏里たちは知らないままなんだよ。知らないんだから、こっちの事情は理解できないんだって。

「お前らもカリカリしないでサッカーしよう」

ボールを蹴りながら越後が戻ってきた。

「はあ？　やるわけないじゃん。あんたひょっとしてサッカーで世の中のすべてが解決するとでも思ってるんじゃないでしょうね」

杏里が口をひん曲げる。杏里のことは苦手だが、その意見に弘毅は同意する。そして、越後が本当にそう思ってるんだとしたら、心配だ。

「まあまあ、いいからいいから」

越後が杏里に向かってサッカーボールを蹴る。

断ったものの、ボールが来ると蹴る杏里。弘毅にパスが回ってきた。

この流れからすれば潤にパスを出すのが妥当だ。

だが迷いが足の運びを狂わせた。

弘毅はボールに上がってしまった。

バランスが崩れる。

「わっ」

自分の足が空を蹴って、向こうに跳ね上がったボールが見えた。

ホッホケッッッキ……キョキョ！

ウグイスの調子っ外れな声が響き渡った。

弘毅は尻もちをついた。尻から衝撃が頭蓋骨《ずがいこつ》にまで駆け抜ける。

越後と杏里が腹を抱えて笑う。

中村が呆気に取られる。

心配そうな顔のまなかと潤が駆け寄ってきた。腕を引っ張って立ち上がらせてくれる。

弘毅は、恥ずかしくてそちらを見られないままに謝罪と感謝を一緒くたにして「悪い」と告げた。

うん、と返事があった。声がまなかと違う。改めて顔を向けると、腕をつかんでいたのは潤だった。

弘毅は改めて、ごめんありがとう、と言った。伝えるのに全然構えなかった。

潤はほっと頬を緩めて、首を横に振った。いつもの潤だ。

弘毅は尻を叩いて土埃を払うと、ボールを拾い、潤にパスを出した。


豊さんは白せんべいを買い続けている。日に日に口数が少なくなってきていた。よっしーもあまり話しかけない。それでも豊さんが来れば店に出てきて窯を回す。キイ、キイと音がする。

四月になった。あと一週間ほどで弘毅は五年生になる。

田起こしがすんだ田んぼのあぜ道では、眩しいほどにタンポポが咲き、爽やかな風につくしんぼうが揺れている。

その日、弘毅が寝坊をして一階に下りてくると、珍しくよっしーが台所に立っていた。ガスコンロに土鍋をかけてなにかをぐつぐつと煮ている。覗けば、白せんべいと菜っ葉を煮込んでいるのだった。

「白せんべい粥だ」

と、よっしーが言う。

なぎばあや母が入れ代わり立ち代わり様子を見に来る。もうちょっと水を足したほうがいいとか、火が強いなどとアドバイスや苦言を呈《てい》するが、その口調は控え目だ。

「よっしーが料理するなんて、どうしたんだよ。オレ明日も公園で遊びたいからさ、変なことして雨が降ったり雷が落ちたりするのは勘弁してほしいんだけど」

「梅田のばあさんの見舞さ行くべと思ってな。手ぶらじゃ『おめ、なにしに来た』ってバカにされるすけ、粥っこでも持ってってやるべど思ってよ」

よっしーはかき混ぜながら言いわけじみたことを言う。

「差し入れしていいの?」

「なにば食せでもいいと医者様さ言われだって、豊が言ってらったじゃ」

弘毅は一気に明るい気持ちになった。

「よかったね!」

だが、おとなたちは弘毅とは真反対に暗い顔だ。

「なんだよみんなして。なにを食べてもいいってことは元気になったってことだろ。素直に喜べばいいじゃないか」

なぎばあが弘毅の頭に手をのせる。母は弘毅の意見には触れずに「喜んでくれるといいね」と曖昧な笑みを浮かべた。

「そろそろどんだべ。おめ、味見してのか」

よっしーが皿におたまですくって、スプーンを渡してくれた。

弘毅はぐずぐずになったそれをうへえ、と顔をしかめつつすくって口に入れた。

ほのかな塩気がある。こんがり焼いた耳も入っていて、それがしっかり香ばしい。

「味が薄い。あ、そうだ。バター入れたら?」

「バター？　ダメだよ、脂は胃腸に負担がかかるでしょ」

母が反対する。

「なんでも食べていいんでしょ。それに、子どもの頃せんべいにバターを塗って食べたって言ってたじゃん」

よっしーは弘毅をまじまじと見た。

「よく覚えてたな。バカっこだと思ってらったっきゃ、そうでもねぇみてぇだ。よし、入れるべ」

なぎばあが冷蔵庫からレンガのようなバターを取って、よっしーに渡す。

「たくさんはダメだよ。腹病《はらや》みしてしまうすけ。風味っこばつけるくらいにな」

「あいあい」

バターの銀紙を剝いて一欠け鍋に投入。スーッと溶けていき、白と緑のお粥がキラキラと輝き出す。ほこほこと立ちのぼる香りが、豊かな気分にさせる。

「完ぺきだ」

よっしーは白せんべい粥を密閉容器に移した。なぎばあが、自分が着ている割烹着と同じ花柄の大きなハンカチで包んでやる。

一時間ほどで帰ってきたよっしーは、弘毅に「バターの白せんべい粥、好評だったぞ」とだけ報告すると、前かけの紐を締め窯に向き合った。

若葉さんの調子はどう？　いつ退院？　と聞こうとした弘毅の袖を母が引き、首を横に振った。

火葬。

始業式を終え、弘毅たちは五年生になった。

空が高くなった四月も半ばの土曜日。暖かな夜だった。

みんなで夕飯を摂っていると、仏間にある電話が鳴った。

母が腰を上げかけると、「オレが出るべ」と、非常に珍しいことによっしーが食事を中断して席を立った。

少し食卓の空気が引き締まる。みんな、よっしーが出ていったすりガラス戸を見つめた。

よっしーの相槌《あいづち》がかすかに聞こえてくる。

弘毅は箸を置いて、仏間へ行った。なぎばあも母も父も芽衣姉ちゃんもついてきた。

こちらに背を向けて電話をしていたよっしーが「おう、任せとけ」と告げて切る。

振り返った。一家が全員集合していたことに驚く様子はなく、どこか間の抜けた顔でみんなを眺める。

「会葬のお礼や火葬中の軽食として、白せんべいもつけてぇず。冠婚葬祭っつー節目にゃ、あいつんちはよく使ってたんだ。結婚だ、出産だ、入学卒業だ、つってな。白はまっさら。ゼロだすけよ」

弘毅は思わず母を見上げる。母はよっしーに向かって顔を引き締めて頷いた。なぎばあは深いため息をついた。父と芽衣姉ちゃんは、息を詰めてよっしーを見つめている。

よっしーが続けて告げた。

「葬式と火葬は明後日だず」


布団に入ったものの、目が冴《さ》えてしまっている。

冴えた目でランドセルのお守りを見つめたまま、そうか、若葉さん死んじゃったのか、と思った。とても静かで、とても透明で、とても硬い気持ちだった。

もし潤や越後や中村が死んじゃったら――。

そう考えてみたら途端に胸がざわざわとしてきた。考えもまとまらなくなる。とてもじゃないが、飯を食って風呂に入ってぶら下がってなんかいられないだろう。眠ることだってできないに決まっている。

一方のよっしーは淡々としていた。少なくともそう見えた。ご飯を食べて風呂に行った。階段下にぶら下がった。つまり、昨日と同じことをしていた。

理解できない。

おとなは悲しくならないようにできてるのだろうか。それともよっしーだからなのだろうか。

どっちにしても、少し薄情じゃないか？

ささやかな物音に気づいた。一階から聞こえてくる。

弘毅は起き上がるとベッドから出て階段を下りていった。

仏間の明かりが土間を照らしている。

よっしーが仏壇に向かってあぐらをかいていた。

顔を上向けている。弘毅はよっしーが見ているであろう視線の先を追う。

カラーの遺影があった。

よっしーはいつからそこでそうしていたのだろう。

よっしーが大きなため息をつく。夜を起こすほどのため息だった。猫背がいよいよ丸くなり、すぼむ。

背中を見ているうちに弘毅は、さっき、腹の中で薄情と非難したことを反省していた。

よっしーは左手で顔をぐいぐい拭うと、振り向いた。

弘毅はギョッとした反動でガラス戸に額をぶつけた。ガシャン、と音が立つ。よっしーが「うぉっ」と声を上げた。

どっこらしょ、とかけ声とともに立ち上がった。仕事を終えて取ったはずの前かけをまたつけている。腹で縛った紐に手を引っかけこっちにやってくる。光を背負ったよっしーは影に顔を覆われている。近づけば近づくほど影が濃くなり、表情が見えなくなる。目だけが光っていた。

「くそ坊主、おめえいつからそこさいだっきゃ」

薄情ではないが、口は悪い。

「え、と、二分くらい前かな」

「ガキのくせに夜更かしするすけ、いつまでたってもチビなんだ」

薄情ではないが、暴言は吐く。

「そんなら、よっしーも夜更かししてたんだね」

「やかまし」

よっしーが土間のゴムサンダルに素足を入れる。弘毅は邪魔にならないよう避《よ》けた。ズルペタズルペタとサンダルを引きずって、隣の作業場へ入っていく。

背後で襖が敷居を滑る音に、弘毅は振り返る。なぎばあたちの部屋の襖から細い光が漏れていて、それがすっと細まり、ふつりと消えた。

よっしーはまず水道で手を洗うと、窯のガスの火をつけた。

二種類の小麦粉を篩《ふるい》にかけキメの細かなふわふわの山にする。冷蔵庫から取り出した水を注ぎ、塩と重曹を溶かす。

「今までで一番白いせんべいば焼くど。重曹は少なめにするんだ」

オレに教えてるんだと思ったので、弘毅は頷いた。

それを小麦粉に注ぎ、硬さを確かめながら大きなしゃもじでかき混ぜる。混ざってくると、しゃもじを両手で握り、ゴムサンダルをはいた足を肩幅に開いて踏ん張り、腰を入れて全身で捏ねていく。しばらくまんべんなく捏ねる。

「しっかり捏ねれば餅がしっとりするすけな」

「うん」

「焼く時は弱火だ。じっくり時間をかければ真っ白なせんべいさなる」

「了解」

「よし。んだば焼くか。どっこらしょ」

よっしーが盥を抱えた。

その途端。

「ぐっ」

よっしーが声を漏らしてどうっと倒れた。

盥がひっくり返り、餅がでろんとあふれ出る。

「よっしー!!」

弘毅は、深夜の町内に響き渡るほど絶叫した。


「いつまで笑ってらんだ」

よっしーは布団に横向きに寝ている。寝ていながら悪態をつく。腰にはコルセットを巻いていた。

「なにごとかと思ったら」

なぎばあが、コルセットを叩いた。よっしーが呻いて枕を抱き締める。

盥を持ち上げた瞬間にぎっくり腰をやらかしたのだ。

弘毅はぎっくり腰になる瞬間を初めて目《ま》の当たりにしたので、何が起こったのか分からなかった。とにかく心臓が裂けるかというほどの衝撃を受けて、よっしーが倒れた！　よっしーが倒れた！　と喚き散らしながら家中を駆け回ったのだ。

みんなが起きてきた。腰を押さえてうめいているよっしーを見ると、なぎばあは淡々と簞笥からコルセットを出し、母がさっさと湿布を用意し、父がすみやかに肩を貸して部屋に連れてきて、芽衣姉ちゃんは零《こぼ》れた餅を片づけた。

「お義父さん、前にもやってしまってるから癖になってるんですよ」

「よっしーってば、急に倒れるんだもん。オレ、誰かに狙撃されたのかと思った。ああ、心臓が痛ぇ」

「田舎町の小さなせんべい店のおじいちゃんをどこの誰がなんの得があって狙撃するってのよ」

バカじゃないの、と芽衣姉ちゃんがあくびをする。

「狙撃と同じだ。魔女の一撃っつーんだすけな」

よっしーは顔をしかめた。あだだだ、と呻く。

「父さん、顔をしかめると痛むなら、これからはもうずっと笑顔でいようね」

「やかましわい。あだだだだ」

「よっしー、死神は見えるのに魔女は見えないってどういうことだよ」

「くそ坊主。後ろからど突かれりゃ見えるもんも見えねえだろ。おいそれよりせんべいだ」

「おじいちゃん、自分の体を心配しなよ」

「芽衣ちゃんの言う通りだじゃ。歳なんだすけ、ぎっくり腰のせいで寝たきりになるのは勘弁してほしいよ」

「お義父さん、うちで焼けなくても、よそ様に頼めばいいんですから」

「だめだ。アレだきゃぁ、うちでやるんだ」

断固とした口調だった。

弘毅たちは顔を見合わせる。弘毅はみんなの目を見て、その心意気を悟った。

「分かったよ、よっしー」

弘毅はよっしーの前に膝で進み出た。

「オレたちが焼く」

目を見開いたよっしーが、枕からひょいっと頭を浮かせ、すかさず「があぁあっ。いでぇで」と頭を落とす。

「ほれ、無理に動かねの。おとなしくしてろ」

なぎばあがよっしーの腰をさする。

「父さん、せんべいはあたしたちに任せて安静にしてて」

「ぼくも加勢します」

申し出た父に、注目が集まる。

「できるかねえ……」

なぎばあが侮《あなど》るように言って、視線を外す。

「やります。教えてください」

父は頭を下げた。母がにやりとして父を肘で小突く。

「あたしも手伝うよ」

みんなの視線が今度は芽衣姉ちゃんに集まる。

弘毅は「正気？　鯖に当たったとか、頭ぶつけたとかじゃないよね」と茶化す。

芽衣がじろりと睨んだ。

「お店も開けるんでしょ。産直やスーパーにもいつも通り卸すわけでしょ。少しでも手があったほうがいいじゃない」


翌朝六時半に、弘毅は自力で起きた。やる気満々だ。長期休み一日目のような気分だ。

部屋のドアを開けると、ちょうど芽衣姉ちゃんも出てくるところだった。爆発系髪の毛を後ろで一つにきりりと縛っていた。

「おはよう弘毅。自力で起きたの？」

「芽衣姉ちゃんだって」

「やる気十分ってわけね」

「葬式用のせんべいを作るのにやる気十分って変だと思う？」

弘毅は自分の感覚を疑う。

「さあ。あたしだってやる気十分だから正しいか正しくないかなんて知らないよ。やだ、あんたと似てる」

芽衣姉ちゃんがそう言ってくれたことが嬉しく、照れくさい。

よっしーの作業場では、父がなぎばあの指導の下、餅を捏ねていた。頭にタオルを巻いて、裾にレースがついた母のエプロンをつけている。左の肩紐が二の腕までずり下がっていた。

「ほれもっと力ば入れで。全体ばぐるーっと大きくかます」

「かます」とはかき混ぜるという意味だ。

「そっちが全然混ざってねがべな。しっかりやんな」

なぎばあの指導は熱を帯びている。父もまじめに「はい」と返事をして教えを反映していた。

「おはよう」

二人が挨拶すると、なぎばあと父は目を見張った。

「おや、芽衣ちゃん弘ちゃん、おはよう。早いね」

「まあね」

と、弘毅は心持ち顎を上げる。

芽衣姉ちゃんが台所のほうを気にする。

「母さんは？」

「お店で窯をあったためてるよ」

店に行くと、窯は温まっており、母は餅を切り分ける台に打ち粉をしているところだった。

「母ちゃんおはよう」

母もまた面食らった顔をした。

「あら〜、あんたたち自分で起きてきたの。やる気満々じゃない。梅田さんご夫婦も喜ぶわねえ」

母が朗らかに嬉しがったので、自分の感覚を疑ったことがバカバカしくなった。たとえおかしくたって、喜んでくれる人がいるならそれでいい。

「あたしたち、なにすればいい？」

「芽衣はみんなの朝食を作ってちょうだい。手軽に食べられるおにぎりがいいと思う」

「オッケー」

台所へ行く芽衣姉ちゃんの背を見送る。

「母ちゃん、オレは？」

「弘毅はビッグミッション」

「ビッグミッション」

「それは豚でしょ。大きな任務ってこと」

母は仏間を指した。いやその奥の部屋を指している。

「弘毅のミッションは、父さんの窯でせんべいを焼くこと」

弘毅は戸惑う。

「葬式に出すせんべいをオレが焼いていいの？」

「なぎばあは……」

「そうよ。じゃなきゃ間に合わないもの」

「こっちの窯で焼くわ。あっちの窯は父さん以外ではあんたしか扱えない。弘毅はいつもあれで練習してるじゃない。若葉さん、あんたをかわいがってたでしょ。だからさ、若葉さんをあんたの焼いたせんべいで見送ろう」

弘毅は若葉さんの笑顔を思い出した。

目尻のほくろが柔らかく潰れるのだ。いってらっしゃい、と学校に送り出してくれたふっくらとした声と、頭をなでる手の温もりを思い出した。

急に泣きたくなって俯いた。

冷たい思い出より、温かい思い出のほうが涙を込み上げさせるのは、どうしてなんだろう。

弘毅はぐっと涙を呑み込んで、顔を上げた。

「分かった」

弘毅は土間に下りて、向かいのよっしーが寝ている部屋に入る。

「おはようよっしー。調子はどう?」

よっしーは横たわっていたが目を覚ましていた。

「よお。まあまあだな。明日にゃもっとよくなってる」

弘毅は枕元に座った。

「オレ、よっしーの窯で焼くよ」

「そうか。くそ坊主にどこまでまともなものが焼けるか分からんが今のところ、アレを使いこなせそうなのは弘毅ばしだすけな。失敗作だば人並み以上に作れるんだどもな」

「腰だけじゃなく口にも魔女の一撃を食らえばよかったのに」

「なんだって？」

弘毅は立ち上がる。

「おうくそ坊主、その前かけばつけろ。じゃねンば真っ白けさなるぞ」

よっしーは視線で部屋の隅を示す。前かけがハンガーに干されたままになっている。

背伸びをしてそれを取った。腰にあてがい、紐をお腹でギュッと結ぶ。

「弘毅。何枚失敗したっていい。とにかく誇らしいくらい真っ白なせんべいを焼くんだ」

よっしーの目は真剣だった。

弘毅は頷いた。

よっしーの作業場では、なぎばあが餅を細長く丸め、父が小麦粉を篩に空けていた。

「父ちゃん、真っ白いせんべいを焼くには、重曹を少なめにするんだよ。具体的な量はちょっと分かんないけど」

「大丈夫だよ、あたしが知ってる」

なぎばあが細長く丸めた餅を切りながら請け合う。

ハンドルはよっしーが使っているものを選んだ。

餅を切り終えたなぎばあが、店の窯で焼こうと腰を上げる。

「なぎばあ、真っ白いせんべいを焼くには、弱火だよ」

弘毅は助言した。なぎばあは振り向いてしみじみと弘毅を眺めたあと、目尻に優しいしわをためて頷いた。

弘毅は頭と首にタオルを巻き、手を入念に消毒した。

さあ、いよいよ焼くぞ。

一口大の餅を左端から型に入れてふたを噛ませていく。全部にふたをしたら回転させて次の型を出す。そしてまた餅を入れ、ふたを噛ませ回転させる。右端の型から香ばしい香りが漏れてきた。真っ先に焼き上がったそれを取り出して、他の四枚が焼けるのを鼻に集中して待つ。ピリピリとしていた音が微妙に変わったかと思ったら、香りがふわっと立つ。ふたを上げた。いい感じにさっくりと焼き上がっていた。

何回かそのパターンを繰り返してリズムをつかむ。

この大きな窯を動かしているのは自分だ。

そう思ったら体の芯が熱くなってきた。

芽衣姉ちゃんが、おにぎりをお盆に載せて部屋の前を通り過ぎていく。間もなく弘毅たちにも運んできてくれた。

大きな丸いおにぎりが二つと、鯖の塩焼きが一切れ。

なぎばあが弘毅と父と芽衣姉ちゃんのお茶を淹《い》れてくれて、それからよっしーの様子を見にいった。

「あー腹減った。オレ、芽衣姉ちゃんが作ったものを食べるのは初めてだ」

「チョコ食べたじゃん」

「食べてない」

「えー、そうだっけ？　じゃあ、これはいっぱい食べてよ」

「いただきまーす」

おにぎりにかぶりつく。ご飯は「力の限り握り潰しときました」といった勢いで、一部がペースト状に仕上がっていた。持っただけでほろほろと崩れるよりはましだ、と弘毅は思うことにする。具はないが塩加減はちょうどいい。

鯖の塩焼きは鯖と塩の味だった。潔い。素材の味を大事にしたらしい。その代わりに皮はパリッとして香ばしい。

「ごちそうさま。よし、それじゃあ頑張ろう」

父が腰を上げる。しゃもじを持つ時にちらっと見えた手のひらは、真っ赤だ。

弘毅は自分の手のひらを見る。真っ赤だ。ハンドルの型がついている。火傷よりも誇らしい。

再びハンドルを握る。

木箱にある程度せんべいが溜まってくると、弘毅はせんべいを焼く手を止めて腰を叩いた。

「おろ、弘ちゃん。じいさんさ似たことしてぇ。そっくり」

なぎばあが茶化《ちゃか》す。

「やなこと言わないでよ」

弘毅は鼻にしわを寄せた。

「アレさぶら下がったら？」

「あ、そうしよっ」

階段下へ行き、踏み台に上がってぶら下がる。腕のつけ根も背中も腰もみんなグーンと伸びる。気持ちがいい。

でもよっしーとの争奪戦がないのは、物足りない。

玄関戸が開く音がして、おはようございまーす、と元気な挨拶とともに安江さんが出勤してきた。

母から説明されたらしく、小声でなにかを話し、次に「えっ義男さんが！」と驚きの大声が響いた。そのあと、よっしーの部屋とよっしーの作業部屋に順番に顔を出している様子が聞こえてくる。

やがて、階段下にぶら下がっている弘毅の背中に声をかけてきた。

「義男さん、おは……あら、義男さんかと思ったら弘ちゃんだったんだね〜。似てるから間違えちゃった」

「からかわないでよ」

弘毅はぶら下がったまま押し潰された声を発した。

「うふふ。あら、弘ちゃん。お尻が出そうだよ」

安江さんがズボンをザッと上げる。尻にギュッと食い込む。自分の仕事に満足した安江さんは店へ戻っていった。

弘毅はぶら下がり棒から下りる。ズボンをちょっと下げる。長い時間ぶら下がっていたように感じたが、壁掛け時計を見ればたいしたことない。よっしーはよくぶら下がり続けられたものだ、と感心する。

腰も腕のつけ根も伸びたところで、弘毅はよっしーに、焼き上げたせんべいを見せに行った。

枕もとに座って、よっしーにせんべいを渡す。

よっしーはいつになく真剣な眼差しで検分すると、「もうちょっと火ば弱めろ」とせんべいを突き返してきた。

弘毅はケチをつけられた気がしてムッとする。

「なんでだよ。こんなに白いだろ」

「これが白いってか？　全然ダメだ。ほれここ、薄茶色さなってるべ。いいか、絹糸みてぇな白いもんば焼け」

「はあ？　これ以上白いものなんて」

「焼けねえか。くそ坊主にゃ無理だったか」

よっしーが薄ら笑いを浮かべる。

弘毅はカチンときた。すくっと立ち上がる。

「見くびったな。焼けるよ！　焼けるに決まってんだろ。見てろよ。腰を抜かすほど白いせんべいを焼いてやる」

「へっ。試しに腰が抜けてみりゃ、ぎっくり腰も治るかもしんねえな」

「さっさと治しなよ。じゃないとぶら下がり棒、オレ専用になるよ」

「へっ。見てろよ。明日にゃじゃんじゃん歩き回ってやっからな」

よっしーの減らず口を背に部屋を出た弘毅は、再び窯の前に立った。

腕まくりをして前かけの紐を結び直すと、黒光りしているハンドルをギュッと握る。

それからは丸一日、せんべいを焼いて焼いて焼きまくった。

焼き上げたものを鼻息荒くよっしーのもとへ運ぶと、魔女にどつかれたじいさんは寝転がったまま一枚一枚丹念に検分した。

「これはよし、これはダメ。お、こりゃあ上出来だ。これも上等。こりゃ話にならん」

良いものと悪いものを二つの箱に分けていく。

部屋に顔を出したなぎばあが「おろぉ、宝石の鑑定みてなことしてるじゃ」と呆れ半分冷やかし半分に目を細めた。

弘毅は緊張感を持って、より分けられていくせんべいを目で追いながら嬉しがったり悔しがったりと忙しい。

これがもし、店に並べるのを焼くことになったら、毎回、喜んだりがっかりしたりというハラハラドキドキ感を味わうのかと思うと——それはそれでおもしろそうだと思うのだった。

鑑定が終わった時には、焼き上げたうちの五分の四が合格をもらっていた。

学校へ行く途中でぶら下がる馴染みの鉄棒が、今日は、知らない鉄棒に見える。

線香の香りが漂う境内の雰囲気は、うっすらと緊張していたが、境内の外のどこかからは草刈り鎌《かま》や耕運機の音が聞こえてきており、近所の赤ん坊の泣き声が響き、空からはトンビの鳴き声が降ってきていた。

黒い服を着た人たちばかりだ。「弔問客《ちょうもんきゃく》」と呼ぶのだとよっしーが教えてくれた。

本堂前には白いテントが設置され、弔問客が白い封筒を係りの人に渡し、海苔《のり》と白せんべいの入った袋を受け取っている。そのそばで豊さんと、息子だという人が弔問客に頭を下げていた。隣には、息子さんと同じ年頃の女の人もいる。

弘毅は学校を休み、黒いトレーナーと灰色のパンツを身に着け、よっしーと参列していた。

フキンシンという言葉は知っているしどういう意味なのか大体のところ分かる。それでも、死んだ人を見たかったし、葬式や火葬でどういうことが行われるのかも知りたかった。それに、自分にはもう一つのビッグミッションがあった。弘毅は、パンツのポケットを上から押さえる。

よっしーは喪服の下にコルセットを巻き、杖を突いている。

よっしーの姿を見て驚いた豊さんに、よっしーは、ちょっと転んだんだ、なんてことたねえよ、と話した。

弘毅とよっしーが並ぶ弔問客の列は少しずつ進み、二人はいよいよお棺《かん》の前に立った。焼香という不思議な儀式を見よう見真似でやったあと、よっしーの陰から恐る恐るお棺を覗く。

若葉さんは白い花に囲まれていた。ドラマやアニメで「眠っているみたい」というが、弘毅にはそうは見えなかった。人形とも違う。

生きていた人が生きるのをやめた、という生き物でも物体でもないものがそこに横たわっていた。

気配が残っているような気がしてくる。

こっちをひっそりと窺っているような気がしてくる。

生きている人間よりも生々しかった。

怖い。

若葉さんはよく来てくれていたお客さんで、しかもよっしーの親友だ。その人に対して気味の悪さを感じるのは褒められたことじゃないというのも頭では分かっている。分かってるのだけど、どうしても怯んでしまう。

お父さんとお母さんもこうだったんだろうか……。

弘毅は頭を振る。考えたくない。

弘毅は袋からせんべいを出して、遺体に触れないよう細心の注意を払って肩のあたりに埋めた。自分の手が滑稽《こっけい》なほど震えている。それから、ポケットからミッションを取り出し、じっと見つめて目に焼きつける。灰色になって、金の糸がほつれてしまっているそれは、温まっていた。

花の中に埋めた。

素早く手を引っ込め、顔の前で手を合わせる。

よっしーを盗み見る。よっしーは若葉さんをじっと見ていた。無表情だった。

弘毅はソワソワする。ひょっとしたらよっしーは一人で親友と向かい合いたいかもしれない、と閃き、死んだ人のそばにいる薄気味悪さもあって弘毅は早々とその場を離れた。だけどよっしーも長い時間はそこに留《とど》まっていなかった。

出棺までの間、弘毅とよっしーは境内の隅で、弔問客に海苔と白せんべいが渡されていくのを眺めた。

「さきた、お棺させんべいと一緒に入れたのなんだっきゃ」

よっしーが尋ねる。怒られるかな、と思いつつ、

「お守り」

と、明かした。

本当はもっと丁寧に入れるつもりだった。それがビビって乱暴な手つきになってしまった。

ごめんなさい若葉さん。

「お守り？　なんの」

「ランドセルのやつ」

「なして」

「向こうで、若葉さんがお父さんとお母さんに無事に会えるように」

よっしーが首を傾げる。

「いいのか？　お守りがねぐなっても」

と、聞いてきた。

「うん、いい」

「でぇじなものだったべ」

弘毅は視線を落とした。

「大事なものだよ。大事なものだからあげるんだ。だってさ、オレはもう大丈夫だから。オレにはこっちに、父ちゃんと母ちゃんと芽衣姉ちゃんとなぎばあと、そんで、よっしーがいるじゃん」

よっしーの視線を左頰に感じる。

「でも、若葉さんはひとりで行ったんだろ」

弘毅は口を一文字に結んだあとで、よっしーに顔を向けた。

「あれを持っていったら、お父さんとお母さんに、いちいち小田せんべい店のよっしーの友だちですって説明しなくても分かって、すぐに仲良くなれるじゃん」

境内の高い木にとまった鳥の声が良く響く。砂利を踏んで弔問客が傍らを行き交う。

よっしーは肩を動かして深々と息を吸った。杖を強く握り直す。なにも答えない。

弘毅は少し検討して、尋ねた。

「仏様なのに神様関係のものを入れたら怒られると思う?」

「誰さ」

「神様とか仏様とか、あとなんか、上級生みたいな人とかに、あの世で若葉さんとお父さんとお母さんがオレのせいで怒られないといいけど」

「上級生ってか。先に行ってるやつらのことだな。そったごどで、いいおとなが怒らねがべ」

よっしーの理屈はちょっとずれているような気がしたが、怒られないのならそれでいい。弘毅はほっと息を吐いた。

「まんつお守りがあれンば、安心だべ」

弘毅はよっしーをちらちらと見る。聞いていいかどうか迷っているがどうしても知りたくて、よっしーを傷つけるかもしれないと推測できても、こらえきれない。

「よっしー。死神、見えなかった？」

「なんだって？」

「死神だよ。見えるって言ってたやつ」

「梅田のばあさんのか？」

弘毅はおずおずと頷く。

よっしーは少しの間黙った。弘毅は、やっぱり聞かなきゃよかったと後悔しかけた。

「見えねかったな」

よっしーが答えた。

「なんも、見えでねかったじゃ」

よっしーは弘毅から本堂へ視線を転じ、まっすぐに見つめた。

境内に出棺を知らせる放送が流れた。

町外れの、森の中に建つ火葬場は、弘毅が想像していたものとは違って、明るく清潔で広々としていた。最近改装したらしい。天井に近い窓から光が穏やかに降り注いでいる。石のような材質の床と壁はベージュ色の柔らかなマーブル模様だ。

興奮と好奇心を押し込めながら火葬場の中を探検した。といっても入れるのは窯のあるホール以外では待合室とトイレくらいだが。

待合室にはテーブル席がたくさんあり、給湯器や自販機が設置されている。たくさんある窓からは、施設を囲む森が見えた。

おとなたちはごく普通に会話しながら火葬が始まるのを待っている。眠たくなるような声の集まりが、高い天井ににじんでいた。みんながみんな一斉に暗い顔で悲しみに沈んでいなければならないというわけでもないようだ。

弘毅にしてみても、若葉さんのために必死にせんべいを焼き、それがみんなにきちんと配られたのを見届けた今、やり遂げた充実感で満たされていた。

僧侶の読経が始まり、棺《ひつぎ》が大きな窯へしずしずと入っていく。弘毅は怖いもの見たさで、目を細めて見ていた。

窯の扉が閉まる。硬くて重たい音が響く。

黒々とした扉は頑丈で、なにがあっても絶対に開きそうにない。

そう思ったら、急に息苦しさを感じた。

見届けた弔問客は待合室へ入っていく。

弘毅とよっしーは窯の前に残った。よっしーは杖を握り、ゴーゴーと音がしてくる窯を見つめている。

弘毅は窯を見つめる。

「よっしー」

「なんだ」

「なんで死ぬの」

よっしーが酢を飲まされたみたいに口をひん曲げ振り向いた。

「生まれてきたすけに決まってるべ」

「それって悲しくないの？」

「なにが。生まれてきたことか？　死ぬことか？」

弘毅は首を傾げる。

よっしーは杖を握り直した。

「どっちにしろ、悲しいと思えば悲しいべ」

「どうせ死ぬなら、勉強するのもおかし食べるのも背を伸ばすのもサッカーするのも鏡の前でごしゃごしゃするのも五年生になるのも——友だちになるのも、なにもかも意味ないじゃん」

「意味なんてセコいこと考えるな」

「元を取ってやるべ、っつう考えが透けて見えンだよ」

「セコくない」

「そんなわけないだろ」

「死なねかったら地球がパンクするべな」

「生まれなきゃパンクしないだろ」

よっしーは人さし指を弘毅に向ける。関節が太くて、火傷の痕がある。これが、八歳の頃から六九年間という途方もない年月、焼き続けてきた手だ。

「努力だの、道理だの、わがままだの、金だの名誉だの、そったただこたぁ人間が勝手に決めたことで、せいぜい、自分たちが決められねえそういうなんだか得体のしれねぇ決まりの中であがこうだやってるのが人間なんだって、心底分かるために死があるんだろ」

「え？」

「どったに金があっても、どったにえらくても我が通らねえものがこの世にゃあるってのを分かるために死があるんだ」

弘毅は俯いて口を尖らせた。

「そんなの分かったところで、死んだら終わりだろ」

「んだ」

「え」

「死んだら終わりだ。それも教えるために死ぬんだ」

弘毅は正面を見た。

「……辛いよ」

「オレは辛くねえぞ」

よっしーは言った。

「なんでだよ」

「辛いど思わねすけだ」

なんだよそれ、と文句を言おうとして、弘毅の視界の隅に、杖を握るよっしーの手が映った。節くれ立ち、血が通っていない程真っ白になっている。

弘毅は口を噤《つぐ》まざるを得ない。

豊さんが近づいてきた。外に出ねど？　とよっしーを誘う。

「待合室さいねくていいのか？」

「息子と嫁さんがいるすけ大丈夫だ」

「おめは昔っから人が集まるところが苦手だったおんな」

「んだ。どうも居場所がねくて」

頭をかく。手の動きが緩慢《かんまん》で、くたびれているように弘毅には見えた。

杖の音を響かせて、連れ立って出口へ向かう。弘毅もついていった。

「豊の息子さんだぢぁ、東京さいるってな？」

「埼玉だ」

「なんの仕事してらんだ」

「役所勤めだ。向こうで家っこも買った」

はあ、こっちゃば帰ってこね、と豊さんは呟いた。

施設を囲む森は深い。艶のある葉っぱが、日を受けて煌《きら》めき、風にさわさわと音を立てて揺れている。梢《こずえ》で鳥が鳴いている。遥か上の青い空を雲がゆったりと流れていた。

空は、なにかを吹っ切ったかのように晴れ渡っていて、明るい。

窯の裏手にやってきた。庇《ひさし》が深く張り出し、木製のベンチと四角い灰皿が置いてある。

目の前の花壇では蝶《ちょう》が舞い、黄色い花が咲いていた。花の色と日差しの色が混じり合い、ふんわりと反射している。

「水仙だ」

弘毅は花の名前を言った。家の裏庭や学校にも植わっているメジャーな花だ。

「ラッパに似てる」

弘毅は続ける。

「ああ、ほんに」

豊さんがよっしーの向こうから納得する。

水仙を見ていると、弘毅の頭の中で、天使がラッパを吹き鳴らしている図と重なる。でもそれは口にしない。

「昔は煙突があってよ、そっから煙が立ち上ったもんだ」

よっしーの話に、弘毅はギョッとした。

「え、死体を燃やす煙？」

ゾッとしてワクワクもして火葬場の屋根に煙突を探す。

「今は煙突もねえよ。なにも出ねくなった」

弘毅はがっかりする。

豊さんが胸の内ポケットから黄緑色の箱を取り出す。「わかば」と書かれている。紙を箱型に折ったような簡素な入れものをフィルムが覆っていた。

「はあ、オラが持ってるたばこの内、この銘柄はこれで最後だ。一昨年あだりから作られねぐなった」

「なんでも終わってくな」

「……んだな」

弘毅の頭の中に、潤の転校のことが浮かんだ。足元に視線を落とした。

「買い溜めしてらったのか？」

「んだ」

豊さんが「わかば」の入れものを揺すって、器用に一本出す。よっしーに差し出した。

よっしーは杖を持ち替え、特に迷う様子も見せずにそれをすんなり引き抜いた。唇にはさむ。

豊さんがライターの火を差し伸べた。よっしーは顔を近づけて息を吸う。たばこの先も深呼吸するかのようにぽうっと赤くなる。そうやって吸うのか、と弘毅は真剣に見つめる。

よっしーがむせた。あだだだと腰を押さえる。弘毅はよっしーの腰をさすりながら、むせたのが自分と同じなのでニヤリとする。

よっしーが額を押さえる。

「じゃじゃ。久しぶりに吸ったらくらくらすらぁ」

「体が受けつけねぐなったんだか。何年やめでらったっきゃ」

「五〇年だな」

豊さんもたばこに火をつける。

「おろぉ。よく数えでらもんだ」

「覚えてただけだ」

「よくやめられたな」

豊さんが感心する。

「義男はなんぼの時から吸ってらったが」

「おめど一緒に吸い始めだっきゃな」

「んだった、んだった」

大きく頷き、指を折って数え始めた豊さんだったが、弘毅が折れていく指を凝視しているのに気づいて手を下ろした。

「アレが」

よっしーが背後の建物へ顎をしゃくる。

よっしーが若葉さんの名前を、これまでに一度も呼ばないことに弘毅は気づいた。

「家のたばこばくすねてきて、三人で吸ったのが最初だ」

「よぐ覚えてらなー。昔は広ぉくたばこば栽培してらったおんな」

豊さんは遠い目をする。

「オラの代で廃業してしまったじゃ。すまねことした」

「なも。豊のせいでね。ご時世だ」

二人の会話が途切れる。

日差しはうららか。風の音は耳心地よい。眠たくなってくる。火葬はあとどれくらいで終わるのか。

「せんべい、ありがっとう」

「なも。オレはホレ、これだすけ」

と、杖を軽く上げて見せ、

「これが焼いたんだ」

と、よっしーは弘毅を指す。

豊さんが目を丸くして弘毅を見る。

「なんと。弘毅君が焼いたのか。本当に真っ白なせんべいだ。大したものだ。ありがっとう」

弘毅は鼻が高い。改めて、やり切ってよかったと思った。

「オラだちが式ば挙げる時よ、義男んちのせんべいば頼んだったたっけな」

「んだったな。あの頃は家だの公民館だので挙げだもんだな。公民館させんべいば運んだのを覚えてる」

弘毅が首を傾げてよっしーを見上げると、よっしーが説明した。

「昔は祝言さ、こびるっこば出すのはよくやってらったんだ。だどもオレだちが祝言ば挙げる頃にゃ、はあ、廃れてた」

なぎばあが年に数回作ってくれるこびるっこは、小豆せんべいとも呼ばれ、せんべいに赤飯をはさんだものだ。小豆の代わりに甘納豆を使うのがこの地域流。和菓子のように甘い。

「そンでも、豊は頼んでけだ」

よっしーが、たばこを強く噛んだのを弘毅は見た。

「義男は頼まれでけだ。公民館の調理場で、おっかあたちが、総出で炊いたまんまばはさんでけだったたっけ。あのせんべいだっきゃ、見事に真っ白だったなあ。赤ぇまんまと対比がきれぇだった。みんなが褒めでらったたよ」

「んだか」

「やっぱし節目にゃ白せんべいだ。白は門出だ。仕切り直しだ。——旅立ちだ」

しんみりした空気が流れる。

豊さんがたばこを深々と吸って、濃い煙を吐き出した。

「だども、あの時のせんべいはちょっとばかし塩がきつかったじゃ」

「なんど？　おめ、あん時ぁ、なんも言わねがったたっけな」

「言わねがったなあ」

「白無垢《むく》姿のアレァ、せんべいより白かったな。オレはよぉ、おめのかかあさ『メリケン粉ば被ったみてぇだな』って言ったんだ」

豊さんが笑った。

よっしーは花壇に顔を向けて、笑わない。

弘毅は、おしろい粉をはたいた白無垢姿の若葉さんを思い浮かべようとしたが、上手くいかず、代わりに白い花に囲まれて目を閉じている姿がくっきりと瞼《まぶた》に浮かんできた。

その若葉さんは今、背後で燃えている——弘毅は腕の鳥肌をさすり、よっしーにさりげなくにじり寄った。

「若葉、怒ったべ」

「どんだったかな。忘れたな」

よっしーが喪服の裾をはたく。白い粉がついていた。

「まさかアレの真っ白い格好ば二度も見ることになるとはな」

豊さんがよっしーを見つめた。

よっしーはたばこをくゆらせる。風は絶え、煙はまっすぐに上っていく。よっしーは目を瞬かせる。

「すまねかった」

豊さんが頭を下げた。

弘毅は首を傾げる。なにを謝ったんだろう。

よっしーがおもむろに豊さんを振り向いた。

弘毅からはよっしーの顔が見えない。だけど頭を起こした豊さんの面持ちが変わらないので、おそらくよっしーは無表情なんじゃないか、と見当をつけた。棺を覗いた時みたいに。

そういうふうに決まってらったんだべ、とよっしーは静かに言った。

二人は黙った。

彼らの会話は、弘毅にしてみると遅々として進まずテンポも悪い。途切れたかと思えばふいに再開するし、結論がはっきり出ずに空中分解する会話だ。退屈である。

弘毅は花壇へ視線を転じた。

花はさっきと変わらず、蝶もまたひらひらと定まらずに舞っているのが弘毅を安堵させる。

「童《わらし》の頃からオレたちが近所の人たちさ、せんべい型って呼ばれてたの覚えでらど?」

煙がよっしーのしかめっ面をなでて上っていく。

せんべい型は二枚一組が基本。小田せんべい店の型は例外として右端が半端だが。

「ああ。呼ばれてたなあ。なにするにも一緒だったなあ」

「酒っこ飲み始めたのも一緒だったべし、東京まで免許取りさ行ったのも一緒」

「若葉もいっつもついてきたなあ」

「車買ったのも一緒だ。三人同じ車種の色違いば買ったな」

「んだ、んだ」

「結婚は五〇年前だな。豊のほうが半年ばかり早ぇがったな」

んだったな、と豊さんはどこか申しわけなさそうな顔をした。

「……義男は見合いだったたっけ。なぎささんとの祝言の時にそったこと言ってねかったど？」

「そっただもんだ。知り合いの紹介だな」

急だったすけ、驚いだった……と豊さんがよっしーの横顔を見つめ、

「せんべい型ってのは、あれは本当のところ、どっちのことば言ってたんだべな」

と、呟く。

「どっち？　どっちもなにも、オレと豊だべ。それしかねえべ」

よっしーはたばこを人さし指と親指でつまんで、深々と吸い込む。一気に火が進む。見慣れたせんべい窯のガスの火のように青く鋭くなく、赤オレンジ色の丸い火は若葉さんの笑顔を思い起こさせた。

「なんだかなあ。ホッとしたようなというか、やっと終わったようなというか、そった気分なんだ。ずっと気張ってらった気がするなあ」

豊さんが太い息に乗せて言う。

「なして？」

よっしーが聞き返した。

豊さんは空に上っていく煙を目で追っている。穏やかなその横顔に、庇の影が落ちている。

よっしーがいよいよ短くなったたばこを口からつまみ取ると、火を見つめた。

「生き切ったな」

と呟いた。「おつかれさん」

弘毅も煙を目で追って、その先に煙が立ちのぼる煙突を想像した。

はあ、空は高いなあ。

どこまでも高く高く、続いてるなあ。

「よっしー」

「なんだ」

「空があってよかったね」

よっしーと豊さんが、同時に空を見上げる。

いってらっしゃい――。

ふっくらとした声が耳によみがえる。

若葉さんに頭をなでられたことを思い出し、弘毅はたばこの煙をなでてみた。

五章　せんべい型

五月二日。

田んぼに水が入り、透明な青空とホイップクリームのような雲が映っていた。草刈り機の音が町内のあちこちで響き渡っている。

いい天気が続いているが、天気とは裏腹に、弘毅の気分は曇っていた。

ふれあい公園で、弘毅、潤、越後、中村の四人はボールを蹴り合っている。

潤からパスされたボールを、弘毅は蹴る。ボールの勢いはない。てん、てんてんてん、と小さく弾んで越後へと転がっていった。

「おい弘毅。やる気出せ！」

越後が活《かつ》を入れる。

「ぼくちょっと、トイレ」

潤が手を上げて合図し、輪から抜けて遠くにある公衆トイレへ駆けて行った。

中村が「ちょっといい？」と二人を手招きする。

「餞別《せんべつ》をあげないか？」

三人になるチャンスを窺っていたらしく、すぐに切り出した。

「せんべつ？　なにそれ」

と、越後。

「遠くに離れるやつに、送るものだよ。元気でやっていけよってさ」

「ってことは松田にあげるんだな？」

「えっつん、どうした。今日は調子がいいじゃないか」

中村に感心された越後は、ボールを膝で弾ませる。

「みんなでお金を出し合ってなにか贈ろう」

「おういいぞ」

越後がリフティングを中断してポケットに手を入れ、中身をそばのテーブルに広げた。

一円玉と砂と羽根と葉っぱ。

中村がメガネを上げる。

「えっつん、どこの世界の店に行こうとしてたんだ。こんなんじゃ、どこもなにも売ってくれないだろ」

「消費税も払えねーじゃん」

弘毅はツッコむ。

「そういう弘毅はどうなんだよ」

越後に言われて、弘毅はポケットを探ってテーブルに置いた。

越後が噴き出す。

「一〇円玉とせんべいのかけら。おい弘毅、オレのこと言えねえだろ」

「えっつんと似たようなもんじゃないか」

中村がいよいよ呆れる。

「中やんは？」

弘毅が促すと、中村は首に下げた財布をテーブルに空けた。

越後がテーブルに身を乗り出す。

「すっげ。一〇〇〇円札と五〇〇円玉と一〇〇円玉だ！　島が買えるぞっ王様だ」

「まじ、金持ちだなあ」

目を見張っていた弘毅だったが、我に返る。

「だけどオレたち三人で餞別を贈るんだから、中やんばかりにこんなに出させるわけにいかない」

「なにをあげようか」

越後がリフティングをしながら尋ねる。

「それだよ。松田はなにが欲しいんだ？　弘毅、なにか知らないか？」

中村が話を振ってきた。

「松田に聞けば？」

越後が言う。

「餞別なにがいいですかって、松田本人に？　それってどうだろう。こういうのってサプライズがいいんじゃない？」

「誕生日プレゼントみたいに？」

「まあ、ちょっと違うけど。前もって聞くのってなんとなく、さっさと追い出そうとしてるみたいじゃないか？」

中村が困惑顔をする。

二人のやり取りを聞きながら、弘毅は腕組みをした。追い出そうなんてこれっぽっちも考えていない。

越後が、せんべいのかけらをつまんで口に入れる。

「ポケットに直《じか》に入ってたやつを食べるなよ」

中村が顔をしかめて顎を引いた。

それを見ていた弘毅はふと閃いた。

「せんべいはどうだ？　白せんべいを冠婚葬祭出産入学卒業で使った人がいるんだ」

「せんべい？」

中村が目をぱちくりさせる。その反応を侮りと受けとった弘毅は、

「おい中やん、せんべいをバカにすんなよ」

と、詰める。

「してないよ」

「よその県からも買いに来たりネット注文も入って九州まで送ってるんだからな」

「あそう。考えてみれば課外授業で取り上げられるほど、せんべいは三津町の特産だもんな。餞別にはおあつらえ向きかも。弘毅んちで作ってるし」

「松田がせんべい好きだといいな」

越後が歌うように言ってリフティングする。

「好きだよ。潤の母ちゃんも薄胡麻せんべいが好きらしくて、あいつ、うちで焼いてた」

「いいねいいね。餞別だけにせんべい。いいじゃな〜い」

越後がはしゃぐ。

「だったら薄胡麻せんべいのほうがいいんじゃないか？」

中村がメガネを上げる。

「いや、『節目』には白せんべいだ。真っ白だから」

「ふうん」

「でさ、それをオレたちで焼かないか？」

新たに提案を加える。

「まじで？　おもしろそう！　そうしましょうそうしましょう」

越後が高速でリフティングする。

「ぼくにもできるかな」

中村が案じる。

「大丈夫だ。オレが焼けてるんだから」

弘毅が励ますと、「それもそうだな」と中村があっさり納得したので、「おいっ」とツッコんだ。

「お別れなのに楽しくなってきた」

越後の膝でボールはぽんぽんと軽やかに弾む。膝に磁石でも埋め込まれているかのように正確に落ちてくる。

「弘毅んちは明日とか都合いい？　てかもう、明々後日《しあさって》には引っ越すんだから明日と明後日しかないけど」

「多分、いいんじゃないかな。窯が空く休憩中にでも焼かせてもらえばいいと思う」

「えっつんの都合は？」

「もちろんオッケー」

「よし。明日やろう」

越後と中村がやる気を見せてくれる。

二人がいてくれてよかった。一人取り残されるより三人取り残されるほうが取り残され感は三分の一に薄まる。

潤がトイレから戻ってくるのが見えた。

「おい、金金」

三人は急いでテーブルの上のお金を回収する。どさくさに紛れて、越後は残っていたせんべいの欠片を口に入れる。中村が、だから食うなって、と注意する。

そばに来た潤が三人を見て怪訝な顔をした。

「どうしたの？　なにかあった？」

三人は一瞬、目を見合わせて、喋るなよ、と互いに釘を刺し合う。

「いや、いやいやいやなんでもないよ、全然。気にするな」

越後がそわそわして、リフティングを再開する。しかし、何度もボールを落とす。それじゃあ、バレてしまうじゃないかと弘毅は気が気じゃない。

「なんでもないよ」

と、視線を逸らしメガネをかけ直す中村。こっちも不自然。

「なんかみんな変だよ。どうしたの？」

潤が弘毅を訝《いぶか》し気に見た。弘毅は反射的に顔を横に向けた。しまった、あからさま過ぎた。

越後が落としたボールが転がっていく。弘毅はこれ幸いと追いかけた。

なんとも微妙な空気になり解散となった。だけど、秘密は守り切ったのだ。

帰宅した弘毅は、餞別のことを話して、友だち三人でせんべい窯を使うことについて交渉をした。

よっしーは眉間にしわを寄せ口を尖らせた。

「おめえらはどいつもこいつも。これはおもちゃでねーんだぞ」

怒ってては見せているが、しわしわの皮一枚下では嬉しさがひたひたと満ちていくのを弘毅は見逃さなかった。

「だどもまあ、オレが休憩中の間ならなんぼ使ってもいいどもな」

「やった！　ありがとうよっしー」

貸してくれるのは分かっていたけど、それを明かすと「じゃあ、貸さない」と断られる可能性もまた十分心得ていたので呑み込んだ。


こうして五月三日に三人は小田せんべい店に集まった。

「弘毅、来る途中でドラッグストアから出てくる潤を見たぞ」

越後が赤い顔で小鼻を膨らませた。

「こっちに気づいたみたいだった」

「おい、なにか聞かれなかったか？　下手なこと言わなかっただろうな」

「大丈夫だよ。聞かれる前にオレたち走って逃げたもん」

「よしよし」

「だけど、ぼくたちのほうを見てたから、行く先は勘づいたかもしれない」

弘毅と越後のやり取りに、中村が憶測をつけ足す。

「まじか。来たらどうする」

越後は顔を輝かせて、弘毅と中村を交互に見る。ものすごく素敵なことが起こるのを期待しているみたいだ。

「居留守使うか？」

「中やん、ナイス。よし、なぎばあにいないって言ってもらおう」

弘毅は中村の案に乗って話をまとめると、店で焼いているなぎばあに事情を話した。

「はあ。いねってかい？　驚かせてぇってのは分かるんども、なんだかのけ者さするみてぇで切ねぇね」

眉を八の字にしつつも、請け合ってくれた。

よっしーが休憩に行って、窯が空くと、三本あるハンドルをそれぞれ手にした。

中村が左端を、真ん中が越後、右端の型を弘毅が担当。弘毅がやり方を一度説明してから早速焼き始める。

越後は大忙しのていで、餅を投げ入れる。餅は勢い余って窯の奥へ落ちていってしまう。

「落ち着け、えっつん」

弘毅は越後の腕を押さえる。

「だって早く餅を入れないと焦げるだろ」

「早く入れれば焦げるんだろ」

冷静な中村がツッコむ。

弘毅は、中村が担当するせんべい型のふたが開けっぱなしなのに気づいた。

「おい中やん、餅を入れたらふたをしなきゃ」

「ああ確かにそうだな」

中村がふたを押し下げる。ハンドルを捻《ひね》ったが、ふたと型がちゃんとかみ合わない。

何度かガチガチと左右に捻っているうちに、

「中やんっ焦げ焦げ」

越後が大慌てで指を差す。型から煙が上がってきた。弘毅はふたを上げ、せんべいをあちあちと言いながら木箱に取っていく。

「すげー、真っ黒焦げだ」

木箱を覗き込んで越後が感心する。「オレこんなに黒いせんべい初めて見た」

「悪い悪い」

中村が面目なさそうに謝る。

「中やん、お前勉強はできるのに」

弘毅は呆れる。

「勉強は関係ないだろ」

メガネを曇らせた中村が膨れる。

「中やん、お前塾行ってるのに」

越後がからかう。

「塾は関係ないだろ。はあ。なんで焦げるかなあ」

「せんべいを型から取るタイミングが遅いんだよ。サッとやればいいんだ」

弘毅が助言すると、中村は顔をしかめた。

「サッとやった時に、型に触っちゃったら火傷するだろ」

「ビビリ大将め」

越後が茶化す。

弘毅は右手の甲をズボンになすりつけた。

三人でしばらく焼き続けてみたが、越後はやっぱり大忙しだし、中村はふたを閉めるのが上手くできないし、三人の作業が合わず、窯を回すタイミングがずれ、結果、焦げる。

くそ。どうすればいいんだ。

ヤキモキしているうちに弘毅は、はめ殺しの窓ガラスと仏間の向こうの、店舗に潤の姿を見た。

「おいっ」

弘毅は二人に声をかける。二人は同じく店へ顔を向けた。

「やべっ」

三人は素早くかがんで身を隠す。三人は目を合わせた。

見られなかったか？

大丈夫。

かくれんぼをしているみたいで、それぞれの顔がにやけてくる。

三〇数えて、弘毅はそろりと身を起こし、店を確認すると、潤が俯き加減の横顔をこちらに向けて立ち去ろうとしているのが見えた。諦めてくれたようだ。

弘毅は二人に向けて親指を立て、三人で声を殺して笑った。

弘毅はなぎばあのそばに行く。

「なぎばあ、ナイスプレイ」

なぎばあは顔を曇らせた。

「弘ちゃんはいないよって言ったら、肩を落として帰っちゃったよ。気の毒だったねえ」

弘毅も悪いことをしたな、と感じたが、それもこれも餞別のためなのだ。

作業場に戻ると、よっしーが二人を指導していた。

「だあっ。なして端っこさ置くのや。餅は真ん中さ置け。ほれぇ、こっちからはみ出た。それだば、耳ばし肥えるべな」

そうしている間に、焦げる臭いがしてきた。弘毅はすぐに手回し車を回して一列を繰り出した。ハンドルを型に噛ませてふたを開ける。

「わっ真っ黒」

三人は型から取り出そうとした。

「あっち！」

「あっち！」

「あっち！」

強く手を引き戻す。

「なしたど？」

なぎばあがやってきて、三人が手を振ったり息を吹きかけていたりするのを見た。

「ありゃ。火傷したんでね？　ほら早く冷やして」

と、土間にある小さな手洗いで三人同時に手を冷やす。

「恵理ー恵理ー。弘ちゃんたちが火傷したー」

母の助力を求めて台所へ叫ぶ。

「なに、火傷ー？」

母が前かけで手を拭きながらのしのしとやってきた。

三人の手を調べる。

「あーあ、揃いも揃ってきっちり火傷してくれちゃって。あらら水膨れになったんじゃない？」

なんも大したことねえべ、とよっしーは眺めている。

「母ちゃんがあとであんたたちのお家《うち》に電話しておくけど、これくらいなら火傷用の絆創膏《ばんそうこう》でも貼っておけば大丈夫ね。父さん、救急箱持ってきて」

立っている者は親でも使えとばかりに母が命じる。よっしーは仏間へ向かい、救急箱を小脇に抱えて戻ってきた。

そういえば潤は火傷をしなかったな。弘毅は、手の甲を打つ水しぶきを見つめてそう思った。

母は三人に順に絆創膏を貼っていく。

「あれ、弘毅のそれ。火傷の痕じゃないか？」

中村がメガネをかけ直して、弘毅の右手の甲を指した。

絆創膏からはみ出ているところに、かすかに残る白い皮膚。光が溜まっているみたいだ。

「ああ……保育園の頃に、せんべいを焼いてて火傷したんだ」

「そういえばそうだったっけ。そんな小さい頃によくこの焼き窯に背が届いたな」

中村が窯のレンガをなでる。

「踏み台に上がったんだ。車はよっしーが回してくれた」

「そんな小っこい頃から焼いてたなら、もうプロじゃん、小田プロじゃん」

越後が感心する。

「プロじゃないよ。途中、やめてたんだよ」

あの頃は、興味があったから焼いたのだった。今は、潤に贈るために焼いている。

「おい、まンだ続けるか?」

よっしーが三人に尋ねる。三人は顔を見合わせた。

「父さんが焼いたやつを持たせたら?」

母が提案する。

弘毅は首を横に振った。

「それじゃダメだ」

「オレたち三人が焼いたやつじゃないと」

「意味がないんです」

弘毅に、越後と中村が続いた。

「分かった。そこまでの心意気ば見せるんだば、今日はおめだぢさオレの焼き窯ば預ける。徹底的に焼け」

よっしーがそう言ってくれた。

「あんたねえ」

なぎばあが呆れる。

「まあまあ、母さん。今日はもうスーパーや道の駅に納品もすませたし、Uターン族に持たせるのも昨日がピークで、今日はお客さんの数が落ち着いてるんだから」

母が説得する。

なぎばあはやれやれと首を振った。


おやつ休憩をはさみ、閉店の七時まで窯を回した。

一人で焼いている時は右端以外、まずまず満足な出来に焼き上げられたが、越後と中村にも目を配りつつとなると失敗が多くなる。

ほとんどが焦げたり割れたりしてしまった。ちゃんと焼けたのはほんのちょっぴり。

といっても、白せんべいのつもりが薄茶色だ。

それでも越後と中村は満足して帰っていった。

夕飯をすませた八時すぎ。弘毅はお風呂に入ろうと着替えを抱えて一階に下りてきた。

なぎばあが店の掃除をしている。よっしーは自分の作業部屋でせんべい型にこびりついた餅を削り取っていた。金属のヘラと鉄がこすれるカシカシという硬くて軽い音が聞こえる。母は台所仕事をしていて、父はちょうど風呂から上がったところ。芽衣姉ちゃんは自分の部屋だ。弘毅はよっしーの作業部屋に入った。座面がテラテラと光る木製の丸い椅子に腰かけると、着替えを抱えてよっしーを眺める。

カシカシカシ……。

県道を時折、トラックが通り、掃き出し窓が震えて音を立てる。よっしーは話しかけてこない。弘毅の存在は分かっているようだ。

弘毅は絆創膏を貼った自分の手の甲を見た。

「潤は火傷しなかった……」

「んだったか」

「それに、焦げるのも少なかった。潤とはもっとうまく焼けた」

弘毅は口を尖らせて、「それなのにあいつはいなくなる」と吐き捨てた。

そう口にすると、いよいよ悔しくなってくる。着替えをギュウッと握った。

「一生会えないかもしんない」

「一生たぁ、大きく出たなくそ坊主」

よっしーの声に揶揄《やゆ》が混じっている。弘毅はカチンとくる。

「オレが真面目に話してるのになんだよ。茶化して」

へへっとよっしーが笑った。

「おめえらは息が合ってたすけな」

こびりついた餅がどんどん剝がれ落ちていく。よっしーは時々それを手で払う。あとでまとめて塵《ちり》取りで取るのだ。

「あいつ、本当にいなくなるのかな……」

弘毅の口をついて、そんな言葉がポロリとこぼれた。

「次に会った時に、どんだけ変わってるか楽しみだな」

よっしーはあくまであっけらかんとしている。

「よっしーはオレたちが会えると思ってんの」

よっしーは弘毅に負けじと口を尖らせる。

「おい、会えねえと思ってんのか？　潤は生きてんだぞ。くそ坊主、おめだって生きてんじゃねえか。生きてる者同士なんだすけ会えるべな」

よっしーは断言した。

窯を使う交渉をした時に、よっしーがさほど騒がなかった理由が、やっと分かった。

よっしーの友だちは死んでしまった。

もう会えない。

息の合ったかけ合いもできないのだ。

弘毅はよっしーの手元から、その横顔に視線を移した。

ガムテープで補強されたメガネのツルが邪魔をして目元は見えない。弘毅がわずかにずれれば見えるのだが、それはしなかった。

突然、玄関のガラス戸がガシャンガシャンと打ち鳴らされた。弘毅はビクリとして振り返る。

玄関の外に背の高い人影があった。

「すみませんっ」

男性の切羽詰まった声。戸に拳を叩きつけている。

なぎばあが出ようとしたが、よっしーがそれを押し留めて玄関戸を開けた。

「あいあい。なんだべ、店ははあ、終わ……おろ。こりゃあ歯医者の松田先生でねえか。なした」

「あのあの、うちの息子来てませんか」

普段、もごもごと小声で喋る松田歯科医師が、はっきりと大きな声で喋っていることに、弘毅は一大事を感じた。

「潤君？　来たども、帰りましたよ」

なぎばあが答える。

「いなくなったんですか？」

母が出て行く。首にタオルをかけた父も出てきた。スタイリング剤から解放されたチリチリ天パ頭がとんでもなく広がっている。チアガールのぽんぽんみたいだ。

「う、うちの周辺を探したんですが、ど、どこにもいなくて」

潤の父はつんのめるように喋る。

弘毅の脳裏に、俯いて店の前から立ち去る潤の姿が浮かぶと、急に心配になってきた。

オレのせいかも。

「捜してくる！」

弘毅は着替えを母に押しつけると、松田医師を押しのけるようにして、「おい、弘毅！」という父の声を背に、外へと飛び出した。

下弦の月が昇っている。生ぬるい風には、土の湿った匂いが混じっていた。

八時過ぎの県道に人通りはなく、ヘッドライトをハイビームにした車が思い出したようにぽつりぽつりと走り去るだけ。道の先を猫が横切って行った。

心臓がドッドッドッドと打っている。手の中に冷たい汗が染み出ていた。

あいつ、バカじゃないのか。こんな暗い中、どこに行こうっていうんだ。

どこを探せばいいのか見当もつかない。とりあえず、越後と中村にも協力してもらおうと、まずはここから近い中村の家へ向かった。県道を北東へ走る。まだ営業しているドラッグストアの駐車場を横切って住宅地に入った。頼りない街灯が灯《とも》っていて静かだ。

路地の先から大柄な子どもがどすどすと走ってくるのが見えた。

「あ。中やぁぁん！」

「おお！　弘毅！　松田がいなくなったんだってー!?」

二人は砂利の駐車場の前で落ち合った。

「さっき、松田先生から電話が来たよ」

「てことは、潤のやつ中やんちにも行ってないんだ？　えっつんはどうしたろう」

「電話したら、えっつんとこにも来てないって。えっつんも捜すってさ」

「じゃあ、そっちに行こう」

弘毅は踵を返す。

連れだってドラッグストアの駐車場を横切って、道路を渡り、反対側の路地へ入った。

「弘毅、大丈夫か？」

「なにが？」

「顔が怖いぞ」

そう指摘され、弘毅は顔をこする。

「心配だよな。弘毅が松田の一番の友だちなんだから」

中村が理解を示した。そういわれると、確かにその通りだと思った。

ブドウ農園が広がる道に差しかかる。

「おーい、おーい。弘毅ー中やーん！」

越後が手を振って駆けてきた。

「こんなに暗くなってから弘毅と中やんに会えるなんて嬉しいなっ」

軽く跳ねる越後を前に、弘毅は眉をひそめる。

「えっつん、はしゃいでる場合じゃないぞ。潤のやつ、どうしたっていうんだろう」

「おおそうだ。はしゃいでる場合じゃないなっ。松田って家出なんてしそうにないのになっ」

「松田のお父さんが警察に連絡するって言ってたから、その前に見つけたほうがいい」

中村が言う。

「わお」

越後が二人の肩に腕を回して歓声を上げる。

「警察が登場するってか。超かっけーし」

無反応の弘毅の顔を越後が覗き込む。

「弘毅、どうしたんだ？」

「なにが？」

「顔だよ顔。めちゃくちゃおっかねえぞ。怒ってんのか？」

そう指摘され、弘毅は顔をこする。

オレは、潤のことが心配で、腹も立っているんだ。

「弘毅、ドラッグストアとかスーパーとかは捜してみた？」

中村に聞かれ、弘毅は首を横に振る。

「まだ。行ってみよう」

三人は今来た道を引き返す。

ドラッグストアを覗いた。明るく、軽快な音楽が流れている。通路をくまなく探したが、潤はいない。

そこから二、三分のスーパーも捜した。いない。

「他は？　どこ捜そっか」

越後がワクワクした感情を抑えきれない様子で尋ね、中村がメガネを上げて「そうだなあ」と思案する。弘毅は貧乏揺すりをする。

明後日にはこの町からいなくなるのになんでわざわざ今、いなくならなきゃなんないのか。見つからなかったら、さようならも言わないままいなくなるってことになるのか――。弘毅の脳裏に遺影の二人が現れる。

そうしたら、さよならを言えないまま別れるのが、二回目ってことになるじゃないか。

「なあ、公園は？　いつも遊んでる場所だし」

と、弘毅は提案してみる。

「暗いよ」

中村があからさまに怖気《おじけ》づく。

「そりゃ暗いけどさ」

「おばけがいるかもなっ。行ってみよう！」

「えっつん、お前がいてくれて助かるよ……」

弘毅と中村は、今回ばかりは越後に感謝した。

三人はふれあい公園へ行った。人気《ひとけ》はない。ＬＥＤの外灯はぽつりぽつりと立っているが、明かりが届く範囲はせまい。公園の隅のほうはなにが潜んでいるのか知れない。ブランコもシーソーもぴたりと止まっているし、ジャングルジムは骸骨のよう。三人は潤を呼びながら公園を一周し、明かりを放つトイレも調べた。いなかった。

中村が深刻な顔になる。

「まさか、川に落ちたってことはないよな」

「おっかねえこと言うなよ」

弘毅は顔をしかめる。

穏やかな熊原川《くまはらがわ》とはいえ、こんな真っ暗な中に落ちたら無事ではすまない。

よっしーにこぼした「一生会えなかったら」という自分の言葉が呪いのように耳に蘇《よみがえ》ってきて、弘毅は震えた。心臓もますます打ち鳴らされる。

「くそっ。どこ行ったんだよ潤のやつ」

弘毅はブランコの支柱を蹴飛ばす。

電子音が鳴り響いた。心臓がギュッと縮む。

「あ、ぼくのスマホだ」

中村がズボンの後ろポケットからスマホを取り出し、画面を見る。

「母さんからラインが来てる」

操作して、二人に画面を見せた。

吹き出しが二つ。

『潤君が見つかったそう』

『小田せんべい店の裏庭にいたんだって』

「え、オレんちに!?」

ホッとして膝から崩れ落ちそうになった。それを支えてくれたのは越後。

「え、ヤダなにそれ。怖い怖い怖い」

越後が弘毅にしがみつく。支えてくれたと思ったが、怖かっただけのようだ。

「えっつん、変なとこで怖がるなよ。にしても、なんだってオレんちに。いつ来たんだろう」

「弘毅、えっつん。とにかく弘毅んちに行こう」


三人が小田せんべい店に戻ると、家じゅうの明かりがついていた。

土間のどん詰まりにおとな四人の背中がひしめいている。一人は大爆発頭で、もう一人はドアの形にはまるようにあつらえたような体型。その二人から一歩引下がったところに凜とした雰囲気をまとう鶴と、たいていなにを言っているのか不明な歯医者がいた。

芽衣姉ちゃんは仏間に腰かけて、通り土間に足を下ろしていた。前屈みになってどん詰まりを窺っている。

「芽衣姉ちゃん、潤は?」

芽衣姉ちゃんは弘毅たちを見上げて、ああおかえり、と言うと、顎をどん詰まりへしゃくった。

「裏庭の置き石に座ってたんだって」

「誰が見つけたの」

「おじいちゃん。トイレの窓から見えたって。見た瞬間は死神かと思って、あっちもこっちも縮み上がって出るもんも引っ込んだって大変お上品なことを喚いてたよ」

「そのお上品なおじいちゃんは？」

「潤君と一緒」

芽衣姉ちゃんが肩をすくめる。「あんたたちも戻ってきたことだし、あたしもう勉強していい？　テストがあるのよ」

そう言って腰を上げた。

弘毅たちはおとなたちのそばに行く。彼らは三人の少年を見て、ほっとしたような顔をし、道を空けてくれた。

三人は裏庭に出た。

虫が鳴いている。

夜の匂いの中に草木の匂いが溶け込んでいた。

潤は平たい置き石の上で膝を抱えていた。かまくら内のベンチになった置き石だ。三カ月前は楽しく作っていた。こんなことが起こるなんて予想もつかずに。

よっしーが足を大きく開いて隣に腰かけている。弘毅の姿を見ると、目を細めた。

「おう」

三人に向かって片手を上げる。

三人は潤とよっしーに近づいた。

「松田、かっこいいよ最高だ！」

越後だけが明るい。

よっしーがどっこらしょ、と立ち上がった。

「裏の木戸から入ったらしい。それ以外はなに聞いてもさっぱりだ。ばあさんの財布の紐より口が固ぇと来てる」

立ち去るかに思えたよっしーだったが、ズボンのウェストに親指を引っかけて下っ腹を突き出すように立ち、潤をしげしげと見下ろした。潤は首が折れそうなほど俯いている。

無事だった潤を見ると、熱くて激しい感情が腹から突き上がってきた。

「潤っ。なにやってんだよ。オレたち、心配して捜し回ったんだからな！」

弘毅は怒鳴っていた。

潤がビクリと身を竦《すく》める。

「おい潤。嬉しかったか？　みんなに心配されて。みんなを振り回して、嬉しかったかよ！」

弘毅は肩で息をする。

越後は口をぽかんと開けて弘毅を見る。

中村が静かな声で弘毅、と呼ぶ。

場はしんとし、空気が張り詰める。

弘毅は自分の嫌味にゾッとし、吐き気がしてきた。

「なあに、弘毅だって家出した口じゃねえか」

張り詰めた空気をものともせずぬるりとそう言ったのは、よっしーだった。

弘毅が険しい顔のままそっちを見ると、ニヤリとする。

越後と中村が目をぱちくりさせる。

「違うだろ。あれはよっしーが勘違いしただけだろっ」

弘毅はすぐさま訂正する。

でも、みんなが心配してくれて少しだけ嬉しかった。だってそれって、嫌いじゃないって証拠だから。

「なあんだ」

越後が気が抜けたように言った。

中村はふう、と息をはく。

張り詰めた空気が緩む。

中村が潤の隣に座った。

「松田、なんだよ。どうしたんだ」

静かに話しかける。

潤は身じろぎした。でも答えはない。

中村の隣に越後が座る。が、越後はずり落ちた。立ち上がると潤の後ろに回って背中合わせに腰かけ直す。

「ぼくが、引っ越すから小田君たちは、もう友だちじゃないって、ぼくを見切ったんだよね」

潤がそう漏らした。

弘毅はびっくりする。中村はメガネをかけ直して潤に注目し、越後も首が捻挫《ねんざ》するくらいひねって凝視した。

三人は目を見合わせる。きっと潤に内緒でせんべいを焼いていたこと、分かってたんだ。

「断捨離か」

よっしーが知った風に頷く。

「よっしー」

弘毅は呼ぶことで制する。まったく、どこでそんなの覚えたんだろう。

「そんなことないぞ！」

と、越後。

中村が頷く。

「そうだよ。見切るなんてそんなことしない。松田への餞別を用意しようってことになったからなんだ。だから松田に知られるわけにいかないだろ。それでこっそり準備してたんだ、なあ弘毅」

話を振られた弘毅は口を尖らせる。

確かに自分のしたことが潤を家出させたのだ。誤解させて悪かった。謝りたい気持ちはあるし、潤が見つかってホッとした気持ちもあるのに、それ以上にイライラする。

「弘毅、餞別せんべいどこにある？　持ってきてよ」

越後にせっつかれ、弘毅は渋々取りにいった。

土間の出入り口で固唾を呑んで見守っていたおとなたちをかき分けて家の中に入り、よっしーの作業場に入る。箱に広げて粗熱を取っていたせんべいの中から、辛《かろ》うじて食べられそうなものを選ぶ。紙袋に入れ、せんべい筒も手に、裏庭に戻った。

潤の鼻先に突き出す。

「完全に冷めたらせんべい筒に入れろよ。そうすれば長く持つから。ずっと食えるから」

怒ってはいるが、せんべいに罪はない。よって保存方法だけはちゃんと伝えねばならない。

潤はじっと紙袋を見つめる。弘毅の鼻先にせんべいの香りが触れる。

「手、火傷したの……？」

潤が見ていたのは、弘毅の手だった。絆創膏が貼ってある。

中村がメガネを上げる。その手にも潤は注目した。

越後は自ら勲章《くんしょう》を見せびらかすように「ほれ」と見せてやる。

「みんな……」

潤は顔を伏せた。ごめんと謝った。

「君たちも父さんも母さんも、ぼくをのけ者にするんだって思ったら、むしゃくしゃして、悲しいのか悔しいのか頭に来たのかなんだかよく分からなくなって、家を飛び出してしまったんだ」

潤の手が、腿の上できつく握り合わされていくのを弘毅は見ていた。このままどんどん力を加えていったら骨が砕けるかもしれない。

弘毅はむすっとしたまま、せんべいをその手に押しつけた。

潤は顔を上げて、弘毅を見た。

潤はそろそろと中村を見て、越後を振り向いた。

二人とも潤をまっすぐに見つめる。

潤は息を震わせた。

「……みんなに迷惑をかけて悪かった。ごめんね」

「迷惑だなんて思ってないよ。それなのにのけ者にされたって誤解させてしまって、ぼくたちのほうこそごめん」

中村が謝った。

弘毅は目を見開いて中村を見る。感心した。この町からいなくなるのに家出までした。そんなことをした潤に謝れるんだ。

越後が潤と中村の肩を軽く叩く。

「オレたちに悪気があったわけじゃないんだ。サプライズだよ。まあ、どっちにしろ、サプライズにはなったよな！　オレたちも松田からサプライズもらったけど。あははははは」

あっけらかんと笑う越後。

こっちはこっちで、別の意味ですごい。この状況であっけらかんと笑うなんて、オレには無理。

潤は気圧されたようにパチパチと瞬きし、中村はメガネを取って顔をこすった。

「よっしーさん、庭に入ってごめんなさい」

潤はよっしーにも謝る。

「気にするな。ただし次は表から入ってこい」

よっしーは潤がこの家の庭にまた来ることは決まっているみたいに告げる。

潤は頷き、洟を啜る。せんべいの袋を持ち直した。

「今食べてもいい？」

潤は弘毅に尋ねる。弘毅が答える前に、

「いいよ。オレたちにもくれればなおのことよし。走り回って腹が減ったんだ」

と、越後が言って、手を差し出す。

潤は目を細めて頷き、せんべいを差し出した。

弘毅にも差し出されたが、手を後ろに回してそっぽを向いた。自分でもいい加減しつこいとは分かりつつ、素直に受け取れない。

潤が小さく肩を落としたのが、視界の隅に映った。

よっしーは弘毅の態度についてなにも言わず、せんべいを受け取る。

中村と越後も受け取った。

弘毅以外の四人がせんべいを頬ばる。

「苦っ」

真っ先に顔をしかめる中村。

「おえっ」

と、舌を出す越後。

よっしーは黒い欠片をボロボロとこぼしながら焦げをものともせず食べ進めている。

「これ、炭じゃないか？」

中村が自分の指をこすり合わせ、しげしげと検分する。

「おかしいな、一応いいものを持ってきたつもりだったんだけど」

弘毅は言いわけをした。

「炭ってこんな味だったのか。すげー」

ははははとウケている越後。

「で、潤はどこさ住むんだ？」

よっしーがガリガリと、せんべいを食っているとは思えない異様な音を立てて咀嚼《そしゃく》しながら尋ねる。

「宮城県の仙台市です」

「仙台市……」

よっしーが視線を上へ向けた。

弘毅にはよっしーが何を考えているのか分かった。かつて弘毅たち親子が住んでいた場所との位置関係を確認しているんだ。

「そこまでどうやって行くわけ？」

越後が、潤に明るく尋ねる。

「新幹線で行って、仙山線に乗り換えて……」

アパートまでの行き方を教えてくれる。もうすっかり覚えているらしい。立派だけど、寂しくもある。

「駅からアパートまで何回曲がる？」

越後の質問に、弘毅と中村は同時に頭を抱えた。

「えっつん、曲がる回数なんてどうでもいいだろ」

中村が言う。

「よくねえよ。何回曲がるか分かんなきゃ、オレたちが遊びに行けないだろ？」

それを聞いた潤の顔がパッと輝く。

「来る？　それならええとちょっと待って。曲がる回数って考えたことなかったけど、でも駅からだと多分、――五回くらいかな」

よっしーが顎をなでる。

「五回か。そりゃ小難しい道だな。田舎道の五回曲がるのと都会の五回曲がるのは違うすけな」

知ったふうに述べる。

「でも曲がり角はあればあるだけワクワクする！」

越後が顔を輝かせ、せんべいに思い切りかぶりつく。

「どうせ、えっつんは曲がるなっつったって曲がるだろ」

「当たり前だろ。まっすぐ進んでなにがおもしろいんだ」

「意味が分からない」

と、中村が首を振る。

楽し気な会話が、弘毅の頭の上を通り過ぎていく。

弘毅は踵で地面をぐりぐりやってため息をついた。


翌日の五月四日。

前の晩は疲れているのになかなか眠れず、やっと眠ったと思ったら、ベッドが揺れて目を覚ました。

「こーきー、時間だよー起きなさーい。休みだからっていつまでも寝てるんじゃないの！」

母が怒鳴りながら階段をのしのしとのぼってくるのである。

弘毅はタオルケットから目だけを出す。勉強机の椅子にかけた黒いランドセルへ目を向ける。

そこに下がっているはずのお守りはもうなくて、だからお守りが震える様子も見ることはない。自分から手放したのに、ついそこに目を向けてしまう。一年生からずっとお守りと一緒だったランドセルだって物足りなさを感じているかもしれない。だけど後悔はしていない。

足音が部屋の前で止まった。

弘毅は息を殺す。

ドアの向こうで、突入のタイミングを計っているのが伝わってくる。

ドアがバーン、と開いた。心構えをしていても心臓がドキッとする。風が巻き起こってカーテンがそよぐ。

「弘毅っ。起きなさい。何回言わせるの」

「一回しか言ってないじゃん」

弘毅はむくりと起き上がる。

「さっさと起きてご飯食べて」

そう命じてドアをバーンと閉める。振動と共に足音が階段を下りていく。

弘毅もベッドから出て目をこすりつつ階下へ行った。階段下にはよっしーがぶら下がっており、台所では、両親と芽衣姉ちゃんが朝食を食べている。

父は頭をタオルで包んでいた。もっくり膨らんでいて、弘毅の視界をせまくする。さらに父はスウェットに花柄のエプロンを身に着けていた。箸を握る手に乾いた小麦粉がこびりついている。茶碗を手に立ち上がるとお代わりをよそう。

弘毅は食卓についた。

「父ちゃんは餅をこねたの？」

「そうだよ」

「なんで」

「餅をこねたあとのご飯はおいしいって気づいたからさ。胃腸の調子もいいよ」

ウィンナーを半分、パリッとかじって透明な肉汁があふれる半分を飯の上に載せる。

そりゃ朝からてんこ盛り飯をお代わりできるくらいなんだから調子がいいと言わざるを得ないだろう。弘毅はあくびを返事代わりにした。

「芽衣姉ちゃん、休みなのに髪、直したの？　もしかして図書館行くの？」

「そう」

芽衣姉ちゃんはとりすました顔で箸を運んでいる。工藤渉君と関わるようになって、芽衣姉ちゃんは箸の使い方がどことなくおしとやかになった。

あの男子と今は仲良くたって、いつかケンカすることになるかもしれないのに。

「芽衣姉ちゃん」

「なに」

「友だちとケンカしたことある？」

母と父の箸が止まる。

「なによ」

「別に……」

弘毅は、芽衣姉ちゃんの視線を右の頬に感じる。

芽衣姉ちゃんが食事を再開する。

「ケンカはしないけど、気まずくなったことならあるよ。中学時代の同級生と」

弘毅はほっぺたをこする。「ああ、そっか」

父と母の箸が動き始める。天気の話を始めた。今日一日晴れだって、と母が伝える。そうか。餅がいつもと同じ量の水を入れても今一つ馴染まなかったから、今日は湿度が低いんだなって思ったよ。

「芽衣姉ちゃんはあの人たちと仲直りした？」

「してない」

「なんで」

「だってもう、ここに来なくなったし、会わなくなったもん」

「じゃあ、気まずいまま会わなくなったんだ」

「そう。よかった」

「よかった？」

「お互い気に食わないんだから会わないのが一番じゃない」

「向こうは気に入ってたかもしれないよ。別の高校行ってるのにわざわざうちまで来たくらいなんだから」

「自慢して優越感を満たすためにわざわざ来てたね。ご苦労様だね」

「マウントってやつだっけ。猿とか犬がやるやつ」

「気に入った相手にはそんなことしない。マウント取る時点で、あたしのことは好きじゃなかったのよ。ごちそうさま」

芽衣姉ちゃんは食事を終えて、使った食器を流しに運んで洗うと出ていった。

弘毅は朝食に箸をつける。

潤はマウントなんか取らない。

取らなくてもうちに来ていた。うちでせんべいを焼いていた。楽しそうだった。あいつ、あんまり笑わないけど、でも笑う時は笑うんだ。

昨日の、弘毅がせんべいを受け取り拒否した場面がまぶたに浮かぶ。潤は顔を引きつらせ肩を落としていた。

明日、潤はこの町から出ていく。

気まずいままでいいのか。

父が食べ終わって出ていく。

弘毅も立ち上がった。

「あら弘毅。半分も残して」

母は弘毅の朝食を見る。

「うん、もういい」

「じゃあラップしとくね。お昼に食べなさい」

「母ちゃんが食べてよ」

「太っちゃうじゃない」

太っちゃう……。

弘毅は母を眺めてから、静かに台所を出た。

ぶら下がり棒が空いていたので、踏み台に上がってぶら下がる。

よっしーの作業場から窯を回す音が聞こえてくる。店のほうからは耳を切る音も聞こえてくる。

気がすむまでぶら下がってからよっしーの作業場へ行った。

焼くのをぼんやり眺める。二枚セットのせんべい型のふたが二枚同時に下がってせんべいをはさみ焼き、同時に持ち上がり、せんべいが取り出される。ずっと同じリズムで同じ動作。見ていて飽きない。

安江さんが出勤してきた。

お客さんが増え始めた。

しばらくして、なぎばあの声が聞こえた。

「おや、松田さんとこの潤君。いらっしゃい」

潤？

弘毅はギョッとして土間に顔を出した。玄関を背にして確かに潤が立っている。肩ベルトを両手で握って伏し目がちだ。潤の後ろには歯医者の父親もいる。

その父親がなぎばあと母になにかを話し、頭を下げる。ハイハイお任せください、となぎばあが請け合った。

母が潤の背を押してこっちにやってくる。

潤は弘毅と目が合うと、居心地悪そうな顔をした。弘毅の目も泳ぐ。くそ。もっとビシッとしていたい。背筋を伸ばしてみる。

「おう、歯医者の息子。来たな」

よっしーが土間に下りて潤に向かって片手を上げた。

弘毅はどういうことか、とよっしーを振り向く。

「オレが呼んだんだ」

よっしーは白髪交じりの無精ひげが生える口元をにやりと歪《ゆが》めた。


よっしーは、「オレが休憩している間に売りものば焼け」と命じて階段下へ行った。

弘毅は追いかける。

「よっしー。どういうことだよ」

食い込み尻にパンチをめり込ませた。

うぐっとよっしーが呻く。ぶら下がったまま弘毅を蹴ろうとしたが、弘毅は避けた。

「昨日、おめぇらくそ坊主三人衆に窯を貸してやっただろ」

押し潰された声でよっしーが言う。「おかげでおめえ、生産量が減ったんだ。それをお前らが挽回しろ」

「ぼくたちが焼くせんべいが商品になるんですか？」

と、聞いたのは、いつの間にか弘毅の背後にいた潤だ。反射的に背後を振り返る。

潤も弘毅を見返した。その顔にはさっきまでの居心地の悪さがなくなっていた。弘毅の中で、張り詰めていたものが緩んだ。

「協力して焼かねンば、売り物さならねぞ。しっかり焼け」

釘を刺され、二人は作業部屋へ向かう。

「君のおじいちゃん、今日もズボンがお尻に食い込んでるね」

潤が小声で言う。普通に話しかけられて、弘毅はさらにホッとした。意地を張り続けるのに疲れていた。

「食い込まない日はない」

弘毅はそう返した。

潤が笑いを含んだ息を吐く。いよいよいつもの潤だ。

弘毅が頭と首にタオルを巻き、エプロンをつけると、潤はデイパックからタオルとエプロンを取り出した。

自前のエプロンっていいなオレも買ってもらおうと弘毅は言う。元の調子が戻ってきて、弘毅は満足する。

あげるよ、と潤が言った。

「いいのか？」

「うん、だって」

潤が言葉を呑みこんだのが分かった。

少し気まずい空気が戻ってくる。

「持っていけよ。また使うかもしれないだろ」

あえて明るく告げると、潤は弘毅を見て前かけを見下ろした。見下ろしたまま口を引き結んで頷いた。

顔を上げた。

「また使う。絶対」

強い言葉は掠れていた。でも大丈夫だ、目は赤くないから。

弘毅は深呼吸する。

「よし、そんじゃ焼くぞ」

「焼こう」

気まずい空気が引いていく。

手に消毒液を吹きかける。

窯の前に並ぶ。左側に潤、右側に弘毅。それぞれ二枚と三枚を担当する。

ハンドルを握る。木の手触りが柔らかい。鉄の重みが頼もしい。気合が入る。

餅を置いていく。最後に右端の型に置いたらふたをぐいっと押し下げる。二枚同時に下がる。

ハンドルを動かして、ふたと型をガシャッとかませる。むにゅっとはみ出た耳がぷうっと膨らみ、うすく色づき、ふっくらと香りが立つ。耳の皮が破れプッシューと蒸気を上げたら窯の手回し車を手前に回す。餅をはさんだ型が下へ回転し、新たな五連の型が上から下りてくる。

鼻と耳に注意をして、今だ、と思った時に右端からふたを開ける。

取り出したせんべいは全て、こんがりとうまそうに焼けている。

最初は二人とも、お互いのタイミングを計ってぎこちなかった。

五分もするとリズムが出てきた。手回し車が軋む音も軽やかだ。

餅を入れ、ふたを嚙ませ、プッシューで回転。

首のタオルで顔の汗を拭うのもタイミングは一緒。

安定したリズムでどんどん焼いていく。焼けたものを木箱に取っていく。

腕がパンパンになり、腰も足も痛くなって随分たった頃、よっしーが腹をさすりつつ戻ってきた。口の横にご飯粒をくっつけている。

弘毅たちは焼き上がったせんべいをすべて木箱に移す。結構な量になっていた。

二人は達成感たっぷりにため息をついた。

よっしーが木箱を覗いて眉を上げた。

「ほえ。焦げがほとんどねえな。てぇしたもんだ。さすが『せんべい型くそ坊主』どもだ」

「なんだよそのユニット名」

弘毅は口を尖らせる。潤は笑っている。

「おめーら、離れてたってせんべい型はせんべい型だ。せんべい型のようなやつは一生に一人できるかできねぇかなんだぞ」

弘毅はせんべい型を見つめた。潤を見ることはできない。見たら泣くかもしれない、潤が。

オレは泣かないけど。絶対泣かないけどね。

潤もせんべい型に注目しているようだ。微動だにしないから。やっぱりオレを見たら泣いてしまうと分かってるんだ。まさかとは思うが、オレが泣くと思ってないだろうな。

そういえば、せんべい型同士も向き合っていない。二枚並んで同じ方向——上を向いている。

「焼いたせんべい、店さ持ってくべ」

よっしーが抱え上げようとしたので、弘毅は制した。

「オレらが持ってくよ。また魔女から一撃を食らったら大変だから」

弘毅と潤は木箱の両端を持って店へ運んだ。

お客さんに「焼き立て?」と聞かれて、「はい」と答える。緊張する。木箱を耳切り機のそばに据えた。粗熱を取ってから耳切りをしてせんべい筒に収めるのだ。売れますように、と念を込めていると、お客さんが、

「それなら、焼き立てを一〇枚」

と、言った。

「え?」

「え?」

二人は驚いて聞き返し、お客さんを凝視する。

お客さんは、気圧されたような顔で半歩あとずさり、「あ……いや二〇枚もらうかな」と控えめな声で増やしてくれた。

弘毅と潤は目を見合わせる。

潤の目は真ん丸だ。小鼻も広がっている。まさかこんなに早く売れるなんて。と感動しているのが丸分かりだ。そして、弘毅は自身も同じ顔をしているはずだと思った。

母が「ありがっとうねえ」とお客さんにお礼を伝え、「焼き立ては湿気を逃がすために紙袋に入れるね」と断っていそいそと紙袋に入れていく。

「んめそうな匂いだじゃ。オラももらう」

他のお客さんたちも次々に買ってくれる。

弘毅と潤が呆然《ぼうぜん》としている目の前で、あっという間に売り切れた。

二人は空っぽの木箱を手に作業部屋へ駆け戻る。

「よっしー、売れた！」

「全部なくなりました！」

大興奮の二人を前に、せんべいを焼いていたよっしーがへっと笑う。

「オレも初めて焼いたやつが売れた時は、おめーらみてぇに飛び上がって喜んだもんだ」

窯を動かし続けるよっしーが、弘毅の目には一瞬、八歳の少年に見えた。手拭いを頭と首に巻き、ランニングシャツを身につけ、短パンをはいている。台に上がって得意げにせんべいを焼いているのだ。その向こうには、坊主頭でグローブでもはめているかのように大きくてゴツい手の少年と、目尻にほくろがあるおかっぱ頭の少女がいて、せんべいをかじりながらよっしーを見守っている。

弘毅が瞬きした瞬間、大きな少年とほくろの少女は消えた。そして目の前には、ただ一人、七七歳のよっしーがいた。

それでもせんべいを焼く楽しそうな姿は八歳だろうと七七歳だろうと違いはなかった。

「小田君？　どうかした？」

隣から潤に声をかけられて、弘毅は我に返った。

「なんでもない」

弘毅は頭を振る。

「ほれ、お前らもう少し焼け。オレは昼寝ばしてくるすけ」

よっしーに言いつかり、二人は再び焼き始めた。

「なんか、ごめんな」

弘毅は昨夜、潤に、心配されて嬉しかったかと責めてしまったことを謝った。でもそこまでの説明はなぜかできない。謝るので精いっぱいだ。だから、潤はなにを謝られたのかも分からないだろう。

潤は餅をぽてぽてと型に入れ、ふたを嚙ませた。

「嬉しかったよ」

弘毅は反射的に隣に顔を向けかけたが、焼いている最中のせんべいから目を離しはしなかった。

「でも、悪かったという気持ちに呑み込まれて、気分は最悪だったよ」

弘毅は笑った。

潤が笑った。

「昨日も今日も、よっしーさんがいてよかった」

裏庭で、よっしーが空気を読まず弘毅と潤の間に割って入ったことと、今日、ここに潤を呼んだことを言っているのかもしれない。

「あげるよ」

「あげたくないくせに」

なぎばあが作業場の前を通りかかった。

「おろ。じいさんは？」

「昼寝」

「だあだあ。弘ちゃんたちさ丸投げして昼寝かっこいてるなんて。まあっ、とぼけたじいさんだよ」

なぎばあと入れ違いに母が「今日は売れ行きがいいわあ」とウキウキした様子でジュースを運んできた。

「あらー、てっきり遊んでるかと思ったら、あんたたちまた焼いてるの。よっぽど信頼されてるのねえ」

翌日の五月五日。

弘毅と越後、中村は潤とともに三津駅の前にバスで降りた。

バスに乗る時は、休診の父親が見送った。そのシャツの新品みたいな白さが目にしみた。

潤はランドセルを背負っている。何が入っているんだろうと弘毅は気になる。こっちで使っていた教科書もノートも持っていくんだろうか。体操着も給食袋もリコーダーもこっちで使っていたものを入れているんだろうか。

全部持っていってほしいような気もするし、半分くらいは松田医院に残しといてほしい気もする。

駅には潤の母親が迎えに来ていた。シュッと細い背格好は、光に呑み込まれそうに見えた。白いシャツと青いスカートを身につけ、ハンドバッグを一つ提げている。隣町へちょっと用足しに、という雰囲気に見えた。隣町どころじゃないのに。全然遠いのに、と弘毅は非難したい気分になる。

母親は弘毅たちに、潤と仲良くしてくれてありがとうと目を細めた。

中村がメガネを上げながら、こちらこそと答え、越後が頭の後ろで手を組んで、校庭とか公園で遊んだなあ、と気さくに言った。

弘毅はなにも返せなかった。なにをどう言えばいいのか分からなかったし、なにを言っても半分も伝えられないような気がした。

ホームには自分たち以外誰もいない。線路の外には背の高い草が生い茂《しげ》って風にザワザワと揺れていた。海の音に似ている。

三津町から一番近い海は八戸市で、車だと五〇分くらいかかる。何回か行ったことがある。八戸市の海は、宮城県の海とつながってる。

気づくと、かたわらで中村が潤に話しかけており、越後は黄色い点字ブロックの上で足踏みしていた。潤の母親は離れたところで掲示物を見ている。

潤がランドセルを体の前に持ってきて、ふたを開けた。茶色い紙袋を取り出し、中村に差し出す。

「これ。せんべい。小田君とぼくで焼いたんだ。みんなにあげるよ」

「え」

中村がメガネの奥の目をパチパチさせた。

越後がそばに来る。「くれ」と一枚取り出す。立派な耳がついている。

目の高さに掲げ、歓声を上げる。

「おおっ真っ白けの白せんべいだ」

中村も一枚取った。メガネをかけ直してためつすがめつする。

「ほんとだ。炭の部分がない。松田たちすごいな。いただきます」

かぶりついた。

サクリ、と軽やかな音がする。嚙みちぎられる耳が、モチモチしているのが見るだけで分かる。

越後もかぶりつく。

「んまっ」

「おいしいな」

目を見張っている二人をよそに、

「いいのか？」

と、弘毅は潤に尋ねた。弘毅にしてみれば、そのせんべいは餞別のつもりだった。

「ぼくならまだ持ってる」

潤がランドセルを傾けて中を見せてくれた。

「うわあ」

覗き込んだ越後が声を上げた。

紙袋に入れられたせんべいが、大量に詰まっている。

「今日中にせんべい筒に移し替えるよ。向こうに着いたら真っ先にやる仕事だ」

潤は頬を染めてやる気を見せる。

電車がやってくるアナウンスが流れた。

大きな音を立てて二両編成の青い電車が突っ込んでくる。

あの勢いじゃ止まらないかもしれない。そしたら次の電車になるのか、と弘毅が考えていると、予想に反して電車は見る見る速度を落として、ピタリと止まった。吹きつける追い風は埃っぽく、金属のような臭いがする。

ドアが開き、母親が乗り込んだ。

あとに続くはずの潤が、少しためらう様子を見せた。

すぐに発車の音楽が響き渡る。

母親が潤を呼んで急《せ》かす。

潤は俯いて母親に続いた。

ドアが閉まる。潤は俯いたっきり、こっちに背を向け、ドアの前に立ち尽くしている。

「ひょっとして松田のやつ、泣いてんじゃねえか?」

越後がからかう。弘毅には、越後なりに気にしているのが伝わってきた。

中村が手メガホンで、

「松田、せんべいをありがとうな」

と、ドアのガラスに向かって声を張った。

潤に動きはない。

ああ、聞こえないか、と中村が残念がる。

弘毅は潤の後ろ姿を見つめている。

発車の音楽が鳴り響く。

三人しかいないホームにそれはよくこだました。

電車が動き出した。

越後と中村が車両に伴走する。

弘毅は喉がすり切れるような、火傷をするような痛みに襲われる。その痛みが体中に広がっていく。

「潤！」

呼ぶと同時に、地を蹴った。

潤が振り向いた。

目は赤いが泣いてはいない。

大丈夫だ。潤は大丈夫だ。

「よっしーの窯を扱えるのは、よっしー以外、オレとお前だけなんだからな！」

潤はハッとした。

電車のスピードが上がる。

先頭を走る越後が振り向いて、大きく腕を回す。

「行け弘毅！」

越後の必死な顔を、弘毅は初めて見た。中村が体を揺すり、大きく腕を振って追いかけている。運動会でもあんな姿見たことない。

弘毅は足の回転数を上げる。

耳元で風が唸《うな》る。

二人を抜いた。

必死に電車に食らいついていく。

潤が車内を、後ろへ走ってくる。

弘毅は電車に抜かれた。

潤が後ろの窓に立った。

弘毅はホームのどん詰まりの白い柵にぶつかって止まった。

ぐんぐん小さくなっていく電車に乗って、どんどん遠くなっていく潤にありったけの声で叫んだ。

「オレはずっと小田せんべい店にいるぞ！　ずっとせんべい焼いてるぞ！　だからいつ帰ってきてもいいからな！」

むせた。

「忘れるなよ！　オレも忘れないから！」

声が割れた。

間もなく越後と中村も来て、柵に飛びついた。

おーい元気でなー。

風邪引くなよー。

宿題やれよー。

歯ぁ磨けよー。

また会おうぜー！

越後と中村が交互に叫んで手にしたせんべいを振る。

電車が見えなくなった。

埃っぽい鉄の臭いが薄れていく。

タタン、タタンという音が遠ざかって、警笛が聞こえた。

電車が周りの音も一緒に連れていったみたいに、辺りが静かになった。

五月の日差しは強くて暑い。

背の高い葉っぱが輝き、目に染みる。

今日の匂いも、音も、日差しも葉っぱの輝きも、どれもこれも忘れないだろう。

弘毅は深呼吸した。ギュウギュウにしぼんでいたような、逆にパンパンになっていたような胸に風が入ってくる。

汗を拭うふりをして肩で目元をグイッとこすった。

「弘毅、言いたいことを全部伝えられた？」

中村が電車が消えたほうを見たまま聞いてきた。こっちを見なくてよかった。

弘毅は首を振った。

「分かんね」

「分かんねーよな、あはは」

越後がさっぱりと笑う。「あ、オレさようならって言うの忘れてた」

「そういえばぼくも、忘れてた」

と、メガネを取って、肩で顔の汗を拭う中村。

「オレもだ」

弘毅も言う。

でもさ、と続ける。

「言わなくてもいいよな」

「そうだな。また会えるんだから」

と、中村も頷く。

「五回曲がるんだぜ」

越後がワクワクした顔で念を押す。

中村が手にしたせんべいをバリッとかじって、握っていたせんべいの袋を弘毅へ渡す。

受け取って一枚を取り出した。

とにかく白くて、日の光を良く反射する。

これ自体から光が放たれているみたいだ。

ふっくらと肥えた耳は、どこも欠けていない。

かぶりついた。

耳はもっちりと弾力があり、少し伸びた。耳以外はサクサクと軽い。小麦粉の香りがする。

こんな旨いせんべいは食べたことない。

「んめーな、松田のせんべい」

「松田ってセンスあるんだな」

越後と中村が口を動かしながら感動している。

「おい、オレも焼いたんだぞ」

「え。そうなの？」

と、越後。

「そうなのって、潤もそう言ってただろ」

「言ってたっけ。中やん、聞いてた？」

「忘れた」

「お前ら────！」

弘毅の大声に呼応するかのように、ウグイスの声が空に響き渡った。

三人は、空を見上げる。

「今のって、あのずっこけそうに鳴いてたやつかな」

弘毅は呟いた。

公園で、弘毅がボールを踏んづけて転んだ時に聞いた鳴き声。

尻もちをついた弘毅を助けてくれたのは潤だった。

「だとしたら、上手くなったたな」

中村もメガネを光らせて聞き入る。

「きっとそうだ。おーい、よかったなあ！」

越後が叫ぶ。

ウグイスは人間の大声にいちいち気を取られることなく、堂々と伸び伸びと鳴く。

ぽっかり気が抜けた状態の弘毅を、窯を回す音や耳切りの音、せんべいが焼ける香りが迎えた。

小田せんべい店の古びた佇まいも、粉まみれの店内も、お客さんが並んでいるのも、いつもと同じだった。

弘毅は、いらっしゃいと、ただいまを順に言って、通り土間を奥へ進む。

よっしーの作業場の前を通りかかる。

窯に隠れて姿は見えないが手回し車の軋む音が絶え間なく聞こえてくる。

なにも変わらない。

オレがこの家に初めて来た時も、今と同じだったんだろう。

階段下まで行き、ぶら下がり棒を見上げる。

ホームで電車を待つ間、中村が潤に問いかけたことが頭をよぎる。

「松田、なんで家出した夜、小田せんべい店に行ったんだ？」

潤は、行き先が書かれた切符を見下ろして言った。

「うーん、それはよく分かんないけど、小田せんべい店が好きなのははっきりしてる。学校に行けるようになったのも、みんなと仲良くなれたのも、せんべいを焼けるようになったのも、きっかけは小田せんべい店だった。あのお店から始まったから」

弘毅は踏み台を引き寄せようとして、考えを改め、台を戻した。

棒を見上げて自分と棒の間の距離を目で測る。
膝を軽く曲げて反動をつけ、ぶら下がり棒目がけてジャンプした。

【参考資料】
むすんでひらいて おばあちゃんの南部せんべい物語　小松シキ／著　ＩＢＣビジョン
改訂・合本　南部せんべい・せんべい汁・食べ物　小事典　江刺家均／著　春秋堂出版部
グラフ青森　青森の暮らし　グラフ青森

【取材】
小山田煎餅店
伊達英規
徳増　昇
徳増偉津子

本書は書き下しです。

なお、本作品はフィクションであり、実在の個人・団体等とはいっさい関係がありません。

髙森美由紀《たかもりみゆき》

青森県出身・在住。二〇一四年『ジャパン・ディグニティ』で第一回暮らしの小説大賞を受賞。二〇二三年に「バカ塗りの娘」として映画化される。主な作品に「みとりし」シリーズ（産業編集センター）、『山の上のランチタイム』『山のふもとのブレイクタイム』『藍色ちくちく 魔女の菱刺し工房』（中央公論新社）などがある。

小田《おだ》くん家《ち》は南部《なんぶ》せんべい店《てん》

二〇二四年二月二九日　初刷

著　者　髙森美由紀
発行者　小宮英行
発行所　株式会社 徳間書店
〒一四一－八二〇二　東京都品川区上大崎三－一－一
目黒セントラルスクエア
電話〔編集〕〇三－五四〇三－四三四九
〔販売〕〇四九－二九三－五五二一
振替　〇〇一四〇－〇－四四三九二

組版　株式会社キャップス
本文印刷　本郷印刷株式会社
カバー印刷　真生印刷株式会社
製本　ナショナル製本協同組合

ISBN 978-4-19-865777-2